もくじ

親友モブの俺に主人公の妹が惚れるわけがない

プロローグ

「ウゴアアアアアア！」

獰猛《どうもう》な獣の叫びに顔を顰《しか》める。

全身から血を噴出させ、それでもなお暴れ狂う化け物、魔王。

あいつがそう呼ばれる以前はただの心優しい人間だったなんて、一体誰が信じられるだろうか。

ぐびり、と思わず飲み込んだ生唾が喉を鳴らす。血で滑らないように布で手に固定した剣の先が馬鹿正直に震えている。それは恐怖からか、それともあいつに相対することに抵抗があるからか。

もしも後者ならば、俺はまだ人でなしには堕《お》ちていないということになるのだろうか。

「コウ……っ！」

この長い救世の旅の仲間、騎士アレクシオンが苦痛に染まった声で俺の名前を呼んだ。彼を含め他の仲間たちは既に満身創痍。他に二人仲間がいるが、彼らの声は聞こえてはこない。気絶しているのか、はたまた死んでいるのか、それを確認する余裕もなく、俺は魔王を睨んだままアレクシオンに撤退するようハンドサインを送った。

隙を見せれば殺される。事実、ハンドサイン一つ送った隙さえ見逃すまいと、魔王は殺意を込めて俺を睨みつけ、凄まじい咆哮を放った。

びりびりと地面が震える。

「くっ……アレは」

思わず目を見開いた。魔王が両手に創り出した魔力の弾……それに触れた瓦礫《がれき》が粒子となって崩壊していく。食らえばただでは済まないことは文字通り一目で理解できた。

「ウグァッ！」

何の躊躇もなく放たれた魔力の弾が俺に向かって飛んでくる。もしも俺が避ければ後ろの仲間たちに当たる。もう考えている余裕はなかった。

「イクステンションブラスト！」

横一文字に聖剣を振るう。聖剣から放たれた斬撃が宙を飛び、魔力弾とぶつかり爆発を起こす。

俺にとっては数多くの敵を屠《ほふ》ってきた文字通り必殺の一撃だったが、対消滅に持ち込むのが関の山だった。だが、それでも。

「うおおおおおおっ！」

爆発を目くらましに突っ込む。全身を魔力で満たし、魔王との距離を一瞬で詰める。

あとはこの剣を振り下ろすだけ、そうすれば戦いは終わる。たった、それだけだったのに。

「グガァ!!」

「ぐっ、うあああっ!?」

奴が咄嗟《とっさ》に手刀を突き出した。人間だった頃とは異なる鋭い爪が俺の肩を突き破る。

勇者としての加護を受けていなければ失神していたであろう激痛が、電流のように全身を駆け巡った。

痛い、熱い、手が痺れる、頭が麻痺する。

けれど、止まるわけにはいかない。俺は、俺は勇者なんだ。人類の敵を倒し、この世界を平和に導く。

幸いなことに突き破られたのは左肩、利き腕である右腕はまだ動く。剣を振るうことくらい、まだできる。

俺は死にかけの左腕に鞭打ち、奴の腕を摑んだ。

「グガァ!?」

払い飛ばそうと腕を振る魔王。だが、そう易々と離すわけにはいかない。一度離してしまえばもうこの腕は使い物にならず、こうしてしがみつくどころか、再び近づくことさえ叶わないだろう。

「絶対に離さない……バルログ!」

俺は魔王が人間だった頃の名前を呼んでいた。

バルログは魔法が人を助ける力になると信じていた。新しい魔法が成功すると子どものように嬉しそうにはしゃいでいた。家族や大切な人を守るためにと身を粉にして働いていた。俺の親友だった。

しかし、そんなバルログの思いを踏みにじるように、人間の欲望は彼の愛する人達を殺した。

残虐に、残酷に、凄惨に。

その怒りからバルログは魔に身を堕とし、魔王となり、自我を崩壊させてまで人間を滅ぼそうとしている。きっともう、俺の声なんて届かないのだろう。彼の大切なものを守れなかった俺の声なぞ。

だが、それでも。

「俺は、止める……止めるんだ！」

「グガアアアッ!?」

「絶対に離さない！　俺は、一度お前の手を離してしまった……こんな世界の中で、俺に人の温かさを教えてくれたお前が、お前たちが苦しんでいるのに何もできなくて……もう二度とあの時みたいな後悔をするわけにはいかないんだ!!」

涙が溢れた。視界がグワングワンと揺れ、意識が吹っ飛びそうになる。それでも、死にかけの左腕が俺の想いに合わせて強くなっていく。

「俺はお前を助けたかった。でも、こんな壊すだけの力じゃ、化け物になったお前を元に戻すことなんてできない……それでも俺は、お前を助けたい……だから！」

――コウ。

かつての、あいつの声がした。

――ありがとう。

「うわああああああああああああああ！」

最早口から出たのはただの叫びだった。苦しみと、悲しみと、怒りと、絶望と……あらゆるものがない交ぜになった醜い獣のような叫び。

その叫びに背を押され、勢い任せに無我夢中で跳び、聖剣を振り抜いた。聖剣は、魔王の、バルログの頭を、体ごと真っ二つにした。

――これで、僕もライラのところに行けるよ。

死を迎え、まるで魔物のごとく砂のように崩れ落ちていくバルログの体。

――背負わせて、ごめんね。

「馬鹿野郎……」

俺はそのまま砂の山となったバルログの上に落ちる。彼の遺灰がクッション代わりになって痛みがないなんていうのは、なんという皮肉だろう。

「俺は、勇者だ」

涙が零《こぼ》れた。溢れ出て、止まらなかった。

「だから、これは使命なんだ」

もうあいつの声は聞こえない。あれはバルログの声だったのか、俺の妄想だったのか、それも分からない。

「なんで……なんでお前が魔王なんかに……！」

溢れ出る涙で視界が歪む。身体から血が流れ落ち、意識も霞んできた。

それでも、俺の頭ははっきりと理解していた。

俺は親友を殺した。たとえ魔王であっても、化け物になってしまったとしても、それでも親友だったあいつを。

俺は、この手で、殺したんだ。

出会いは唐突にやってくる

「遅刻だあああああああああああああ!?」


朝、8時30分!

とっくに始業時間を回っている。そんな中で俺は全速力で通学路を走っていた。

もちろん、口には食パンを咥《くわ》えて……いたが、走る邪魔でしかないのでビニール袋に入れて鞄《かばん》に突っ込んだ。

遅刻遅刻〜♪　なんてつくづくフィクションの中だけだと実感する。そんな呑気なこと考えている余裕なんてないっての!　あったらサボってるわボケ!

目の前にいない誰かに向かって呪いの念を送りながらも走り続け……てはいられず、立ち止まる。

「はぁ……ぜぇ……うぇっ」

疲労と夏の暑さによる吐き気にえずきながら、電柱に片手で寄りかかって息を整える俺。惨《みじ》めだ。

「もう……サボろっかな」

疲労感は俺に合理的な思考をもたらした。そうだ、サボってしまえば無理に走ることもないのではないか。

——大丈夫大丈夫、1日くらい。

俺の中の悪魔がそう囁《ささや》いた。

——走ったら駄目よ。車が飛び出してきて危ないから。今日は家でゆっくりしましょ。

悪魔に対抗するように現れた天使がそう警告を鳴らした。むむむ、これは大議論の予感……って、あれ？　意見纏《まと》まってんじゃん！

「うん、サボろう」

そう思ってしまえば一気に心が晴れた。俺みたいな矮小《わいしょう》な人間風情が天使ちゃんと悪魔くんに逆らうなんてとんでもないことだ。彼らが言うんだもんなー仕方ないよなー。

そんなわけで晴れて自由の身となった俺、椚木鋼《くぬぎこう》君は意気揚々と通学路を外れた。この一歩は小さな一歩だが俺の学生生活にとっては非行へ続く第一歩だ。まぁ、俺ごときが学校をサボろうと社会は問題なく回っていく。それくらいの軽い気持ちで生きていた方が人生上手くいくもんだ、多分。

そんなふうに自由を享受すべく歩み始めた矢先だった。

「キャアアアアアアアアア！」

突然、女の子の悲鳴が響いてきた。

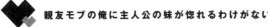

「え」

嘘やろ、その四文字（ひらがな換算）が頭に浮かぶ。

「嘘やろ」

口からも出た。それほどまでにこの状況は不自然だ。あり得ない、こんな漫画みたいな展開は。

こういうのは俺みたいなモブキャラではなく、主人公に訪れるべきイベントだろ!?

しかし現実は無情で、待ってはくれない。驚き固まる俺の前に、右手側の路地裏から一人の少女が飛び出してきた。


美少女だ。普通に美少女だ。恐怖に染まった表情をしているけど美少女だ。

これはおそらくあれだな。美少女が不良に付け狙われていて、それをモブが助けることで主人公に成り上がるという昇格イベントだ。

なるほど、そう思うとこれは、モブを粛々とやる俺に対する神様からのご褒美なのかもしれない。

だけど、神様。勘違いしているなら悪いけれど、俺はそんなこと全く望んでいない。俺はこの平凡で平穏で退屈な日常を十分に謳歌している。イベントなんていらないし、ただただ寿命をダラダラと消費し、今まで何千、何万の人が経験したであろう普通で面白みのない人生を送る、ということが何よりの望みなのだ。

それに、たかだかモブキャラの昇格のためだけにこの女の子が悲鳴を上げるような辛い思いをしていうというのなら、神ってやっぱりクソだわ。クソハゲジジイだわ。

というわけで、すまない美少女よ。この展開を作り出したのは神様だろうから俺に責任はないと思うけれど、それでも君を救うことができない時点でやはり謝っておくべきだと思った。俺の予想が正しければ、この後彼女を追って出てくるのは彼女の美貌に目が眩《くら》んだヤンキー先輩だろう。複数人ということもあり得る。王道な展開だ。

けれど、それに対処できるモブキャラは実に一握りでしかない。普段は実力を隠しているとか、通信空手を習っているとか、何かそういう感じのキラキラしたアレが必要だ。俺にはとても荷が重すぎる。

しかし、何もせずに見捨てるというのもどうにも目覚めが悪い。むしろ、目の前の問題をスルーするスカした感じが出ちゃうとそれもそれで主人公っぽいし。助けないことでこの美少女から「ちょっとどうして助けないのよ！　助けるでしょ、普通!?」みたいに絡まれる可能性もなくはない。

なので、ここはこれまたベタではあるが「お巡《まわ》りさんこっちです」作戦を使わせてもらうこととしよう。

方法は簡単。思いを込めて１１０番をコール。あとは現在地と状況を報告するだけ。

なぁに、彼女は美少女だし、ここは平和の国ニッポン。警察が来るまでの間に迅速に気絶させられ、拉致され神隠しになんてことはないだろう。

そんなふうにある種呑気に考えていると、美少女は俺の目の前で足をもつれさせて転んでしまった。あれ？　これ脚本あるの？　と思いたくなるくらいに鮮やかにベタな展開だぁ……。

「あの、大丈夫すか？」

思わず声をかけてしまう小市民、俺。美少女は驚いたように俺に目を向けたが、直後路地裏から聞こえたドタドタという足音に身を竦《すく》めた。

だが、足音を聞いて俺は首を傾げた。今路地裏から聞こえてくる足音は一人のものだ。それにこの重たい音から体重重めの人間だということが分かる。足も遅そう。見たところ、彼女は健康そうだし、この程度の速度の相手ならこれほどまで焦らずとも逃げられたんじゃないだろうか。

そんな思考に気を取られ、色々遅れた。警察への電話も、この場から逃げ出すことも。

そんな迂闊な俺を嘲笑《あざわら》うように……奴は現れた。

「美少女ちゅわぁ～ん！　待っとぅぇ～ん！」

「うぎゃあああああああああああああああ!!?」

「ぎゃひっ!?」

見るもおぞましいナニカが姿を現し、視認するや否や、俺は反射的にそれを蹴り飛ばしていた。

それは全裸のおじさんだった。情景描写をすることさえ憚《はばか》られる、僅《わず》かでも同じ空間にいたことを後悔するような露出狂のおじさんだった。

こういう時はヤンキーだろ！　なんで露出狂の中年オヤジなんだよ！　現実世界にモザイクは存在しないんだよ!?

予測外の事態に、ボクシング部の主将の首の骨さえも粉々に砕きそうな黄金の右足を解放した俺は、この変態相手には「お巡りさんこっちです」作戦は通用しないと判断し、「お巡りさんこいつです」作戦へと切り替える。

手順は変わらない。ただ、必死さが１２００パーセント増しだ。そうさ、１２００パーセント勇気。頑張るしかない……。

「あ、あの」

「おわっ!?」

突然声をかけられ、反射的に近くの電柱に体を隠した。間違いない、ちゃんとは見ていないが俺に声をかけてきたのは変態おじさんに狙われていた美少女だ。聞いた声は悲鳴くらいだったし、今も顔を見ていない。それでもはっきりと分かる。何故なら他に人はいないからだ。なんという名推理。

「あ、あの、私、お礼を」

困惑する美少女の声。

お礼？　ああ、そうか。それが自然な流れだ。

自分を助けてくれたヒーロー。ヤンキー相手ではなかったが、ある意味それよりよっぽど恐ろしい中年メタボの露出狂という変態から、ワンパン（蹴り）で救い出したのだ。お礼の一つや二つあって然るべきかもしれない。

だが、残念ながら俺はヒーローではなく、酸素を二酸化炭素に変えるくらいしか社会に影響をもたらさないただの一般市民、モブキャラにすぎない。

だからこそ、俺は彼女に余計な期待を向けられないよう、電柱に隠れたまま言い放ってみせた。

「名乗るほどの者じゃないです」

「あの、まだ聞いてないです」

おっと先走ったようだ。

しかし、この美少女、意外にもしっかりツッコミを入れてきやがる。つい先ほどまで変態に追い回されていたと思えない胆力だぜ。

「うん、その調子なら大丈夫そうだねっ」

「そんなこと……まだ震えが……」

「大丈夫、僕もだから」

俺はそう言って電柱の陰から片足を出し、ぷらんぷらんと振った。リアクションはない。ただ少しばかり気温が下がったような錯覚に陥る。

「そ、それじゃあ、通報はしておくから君はさっさと逃げな。ここにいたら事情聴取というボランティアに身を投じることになるぞ！」

「あ、あの、お名前を！」

自然な流れで解散しようとした俺にそう声をかけてくる美少女。

先ほど、「名乗るほどの者ではない」という必殺ワードを空振りした俺にこのタイミングで投げかけてくるとは。必殺ワードが封じられた俺は最早名乗るしかないまでに追い詰められている!?

しかし、俺はあくまで脇役。本当に名乗るほどの名前じゃないのだ。

そもそも本来はこういった美少女を助けるヒーローは主人公がやるべきだ。美女と野獣のラブストーリーは成立するが、美少女と棒人間ではメイクラブする余地も需要もない。仮に俺がここでスケベ心を出して彼女とお近づきになろうとしたところで、待っている未来は価値観のズレ、ギャップ、自然消滅ならまだいい方、下手をすれば主人公に略奪愛される可能性も多いにあり得る。生憎《あいにく》俺にはそういう性癖はないし、そうなると分かっていて手を出すことなんて万が一にもあり得ない。

ならば俺の取る選択はただ一つ。

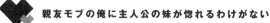

「綾瀬快人《あやせかいと》」

「え？」

「俺の名前は綾瀬快人。嚶鳴《おうめい》高校2年B組、綾瀬快人だ。まぁ、名乗るほどの者じゃないけど、しいて名乗るなら綾瀬快人だ。血液型はA型、誕生日は9月23日の綾瀬快人だ」

背を向けたままそう名乗って、一気にダッシュ！　美少女のリアクションも待たずクールに颯爽と去る俺！　わーこれは主人公の所業すわー！

ただ、カッコいいのは俺こと椚木鋼なんてモブキャラではなく、嚶鳴高校2年B組の綾瀬快人君である。

一つ断っておくと、俺は適当な名前をでっち上げたわけではない。むしろ結構な人助けをしたと自負している。何故なら綾瀬快人は俺のようなモブキャラとは違う、実在する本物の主人公だからだ。

あの美少女は俺の顔をまともに見てはいまい。見たのは嚶鳴高校の制服を着た後ろ姿だけ。声の印象なんてものもすぐに薄れるだろう。

あの誠実かつ健気そうな美少女のことだ、ヒロインらしい行動力のままにクラスにやってきてお礼のために綾瀬快人を呼び出すだろう。そうすれば万事解決だ。

彼女が選ばれしヒロインであれば、彼の圧倒的ラブコメ主人公オーラを浴び、一瞬で虜《とりこ》となってしまうだろう。

彼はベタな鈍感系主人公だが、根はフェミニストなので美少女に迫られればノーとは言わないだろう。ヒロインが増える。美少女はヒーローとお近づきになれる。俺は変わらぬ日常を送る。まさにウィンウィンウィーンの関係だ。

俺は逃げながらも通報し、実に晴れやかな気分で我が母校、嚶鳴高校に行った。朝からてんこ盛りだったが、結果犯罪者以外が得する結果となったわけだ。勧善懲悪って素晴らしいよね！

「おはようございまーすっ！」

テンションアゲにアゲを重ね、普段は出さないような元気のいい声を上げて教室のドアを開いた。もはや俺を止められる者は存在しない。止められるものなら止めてみやがれ！

「……おはよう椚木」

「あ、大門《だいもん》先生。おはようございます！」

「堂々と遅刻してくるなんていい身分だな？」

「遅刻……？　あ」

「椚木、廊下に出ていろ。悪いがみんな、少しの間自習していてくれ」

「……サボり忘れた」

この後、滅茶苦茶説教された。


「鋼ってやっぱり馬鹿？」

「うっせぇ……つーか、あの年増。授業中断してまで説教って教師としてどうなんだ？」

「年増ってほどじゃないと思うけど……まだ20代でしょ」

俺は昼休みに入っても、説教を受けてしまったこと……というより、変態と遭遇したことでサボろうとしていた考えが飛んで不用意に学校に来てしまったことにショックを受け、机の上に項《うな》垂《だ》れていた。

そんな俺に呆れたように声をかけるのが、くだんの綾瀬快人くんである。地毛の茶髪をイケメンっぽくセットした、笑顔の似合うイケメンだ。

だが、彼は誰彼構わずモテるほどの、国民的アイドルのような存在ではない、と思う。特定の相手、それもみんな目を見張る美少女ばかりからおモテになる、ラブコメヒーローを体現している男なのだ。逆面食いというべきか。

そんな彼と俺はひょんなことから親友と呼べるような関係になった。つまり俺はモブキャラでありながら親友属性も持った、人気投票下位で鎬《しのぎ》を削る、親友モブと呼ばれる存在なのだ！

「そんなことより！　お前今日も古藤紬《ことうつむぎ》と朝っぱらからイチャついてたんだって!?」

「イチャついてたって……いつも通り一緒に登校しただけだよ。幼馴染で家近いから」

「それで手でも繋いで来たってか!?　あぁん!?」

「抱きついてきて、そのまま腕組まれはしたけど」

「てめぇの血は何色だぁあああ!?」

「赤だけど」

「あ、うん、ソウダヨネ……」

ド正論に勢いを潰され、一度は浮かせた尻を再び椅子に押し付ける。

ちなみに古藤紬は隣のクラスのマドンナ（死語だが存命）であり、快人君の幼馴染でもある。そこは普通同じクラスになるだろうに、先ほどの正論を使ったツッコミ同様、どうにも間の悪い奴なのだ。

「綾瀬君」

ほーら、またもや快人が声をかけられた。

相手は言うまでもなく美少女だ。腰まで伸ばしたさらさらとした黒髪に気の強そうな印象を与える鋭い目つきの美人。

そう、彼女こそがテンプレ・ラブコメ・ワールドのトップフォワードこと、ドS毒舌優等生ヒロイン（大体ぼっち）の桐生鏡《きりゅうきょう》花《か》様だぁ！

「それと喋っているとクズが移るわよ」

「あぁん!?」

それこと俺はガタッと椅子を鳴らし意を決して立ち上がった。

たとえ俺がモブであっても謂《いわ》れなき不当な悪口には立ち向かう権利がある。いや、権利がなくとも立ち向かう……それが男の宿命だぁ！

「は？」

「イエ」

すっ。

一睨みされて、「これは駄目だ」とすぐさま判断した俺は何事もなかったかのように椅子に座り直した。もーこんなに立ったり座ったりを繰り返していたら椅子さんもビックリしちゃうよねー？

それにお昼休みはご飯を食べる時間であり喧嘩する時間じゃない。桐生よ、命拾いしたな。

「何？　何か文句でもあるの？」

バンッと俺の机に両手を叩きつけて、威圧感たっぷりに睨みつけてくる桐生。

「ごめんなさい……」

あまりの圧に、俺は反射的に財布から500円玉を差し出していた。

「情けない……」

快人が呆れるようにため息を吐くが、これは違うぞ。これは情けないとかとは違う。ちょっとビビったからお金で解決しようとしただけだ。うん、違くないね。でもこれだけは言わせてほしい。

「見くびるなよ!? これは俺の全財産だ! 身代金ってやつだぞ! 情けないなんて言うんじゃないよ!」

「いらないわよそんなもの」

そんなもの!? 不当に目の敵《かたき》にされてそれでも健気に解決しようとした俺の全財産を、そんなものだと!?

「ごめんなさい、許してください……」

身代金でも解決できなかった俺はただ謝るしかなかった。土下座すると制服が汚れるので、座ったまま机に頭を擦り付ける。500円玉はいらないと言われたので財布にしまっておいた。セーフ。

「まあまあ、鏡花。飯食おうぜ」

イライラとした様子の桐生に笑顔でそう語りかける快人。流石《さすが》の主人公ムーブ。いいぞもっとやれ!

「……そうね」

そんな快人には従うのだから、やはり彼女もヒロインなのだろう。渋々といった口調だけれど。

快人と話す前段階に俺に対する口撃がなければもっといいのになぁ。つーか、いつまで睨んでくるんだよ桐生のやつ。動きづらくて仕方ない。

「快人ー！　お昼ご飯食べよー！」

っと、このタイミングでちょっとお馬鹿系元気っ子が乱入してきた。

美人というよりは可愛い容姿の小動物系幼馴染、古藤紬（先に紹介済み）である。

彼女はヒロインらしく昼休みの度に甲斐甲斐しくこちらの教室にやってきて快人と昼食を食べている。ちなみに快人の昼ご飯は妹の手作りらしいヨ。シスコンかな？（嫉妬）

「あ、桐生さん」

「何？　古藤さん」

そんな古藤は快人と一緒にいる桐生を見ると少しばかり鋭い視線をぶつけた。

同じ相手を想い合う同士、あまり仲が良くない模様。女の戦いってやつだ。

「ったく、流石だな、快人」

「何が？」

「そういうとこがだよ」

なんて会話をしながら自然に席を立つ。もちろん会話に加わるためではなく、購買にパンを買いに行くという名目でエスケープするためだ。

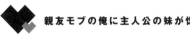

「ほどほどにしとけよ」

「だから何が……」

鈍感主人公らしく鈍感丸出し発言をする快人とダブルヒロインを置いて教室を後にする。ヒロイン二人がいれば会話は回るし、そこに俺がいてもむしろノイズのように邪魔になるだけだ。

所詮、俺は主人公・綾瀬快人の親友モブすぎない。時に嫉妬に狂ったり、美少女にセクハラ紛いな言動をしたりする程度の役割を持つことはあるが、基本属性はモブキャラだ。過度な干渉はNG。べ、別に職務怠慢なわけじゃないんだからね！　むしろ働かないことが働いているってことなんだから！


誰に言い訳しているのか分からないまま購買部に到着。テンプレ主人公がいるからかどうか分からないが、購買部もラブコメテンプレハイスクールよろしく毎日バカみたいに混んでいる。

たかだかパンに群がる有象無象の生徒たち。全く……昼休みってのは休むための時間ですよ？　こんなふうに争うくらいならコンビニで買ってこいっつーの……。

「うおおおおおおおおおお！」

気が付けば叫びながら人混みに突っ込んでいた。あれぇ？

身体が勝手に……まさかこれがテンプレの修正力……!?

人の渦に呑まれながら、悲鳴を上げる右腕を伸ばしなんとかサンドイッチを一つ掴み取る。そして、掴む瞬間に、握り込んでいた５００円玉をレジに放り投げたっ！　これぞ必殺、キャッチアンドリリースっ！

「ふっ、釣りはいらないぜ」

「お釣りの300円ね」

ぽんっと一瞬で300円を握らされた。このおばちゃん化け物か!?

ま、まぁいい。結果として定価で昼飯となるベーコンレタストマトサンド、略してBLTサンド（腐ってはいない）を手に入れられたのだ。さっさと教室にかーえろ。

「ん？」

と、購買に背を向けたところで、一人の少女が目に映った。

「あうぅ……」

あうう!?　何てバカっぽい声を口から出すんだこの女!?

そこにいたのは購買の人混みを見て尻込みをしている、小学生かとも思えるほどに小柄な美少女だった。迷子かとも思ったけれど一応うちの制服を着ているので多分高校生だ。

大方パンを買いに来たけれどこの人混みに突っ込むことができずにいるといったところだろう。

可哀想だとは思ったけれど、俺はスルーすることに決めた。一番可哀想なのは彼女を見つけたのが俺のようなモブであったことだ。もしもこれが快人なら笑顔でBLTサンドを差し出して、「これで僕とポッキーゲームしようよ」などと言ったのだろうが、俺にそんな度量はないのだ。

――ぎゅるるるる。

「んん？」

ちょうど目の前を通り過ぎるタイミングでそんな、お腹が鳴るような音が聞こえた。はっきりと、結構な音量で。

思わず立ち止まると先の小柄な美少女が赤面して俺を見ていた。俺が不用意に声を発したから聞かれたということに気が付いてしまったのだろう。

「あうう……」

あうう、再び。そういう泣き声の生き物なのかな？

だが、こう気付いてしまったとなれば無視して去るのはモラルが疑われる。お腹を空かしたちびっ子を放って去ったと学校新聞にすっぱ抜かれ糾弾されることになるかもしれない。マスコミってのはいつどこで網を張っているか分かったものじゃないからな。

「おい、チビ」

「な、なんですか……」

仕方なく声をかけると、彼女は弱々しい言葉と共に俯《うつむ》いてしまった。これじゃあまるで虐《いじ》めているみたいだ。

「これ、欲しいのか」

そう言ってBLTサンドをちらつかせると、面白いように目でそれを追っていた。口の端からは涎《よだれ》がたれ始めている。

「く、くれるですか!?」

「やるか馬鹿」

「はえっ⁉」

そういうのは主人公に期待しろ。貴重な食料をタダで貰えるなんて考えが甘いぞ。

「タダではやれんが、400円で売ってやろう」

「ふぇ⁉　で、でもそれ、200円で……」

「んー何かなー？　何か文句でもー？　ほーら、喉から手が出るほど欲しいだろう？　俺は別にお前に売らなくてもいいんだぜ？　ほーら、ほーら！」

見せびらかすようにBLTサンドをチビの顔の前で振る。背後からは「サイテー」なんて声が聞こえてきた。

知りませーん。さっきからチビがお腹すかせているのを見て見ぬふりしていたくせにそれを棚に上げて人に駄目出しするような偽善者連中のクレームなんて聞こえませーん。

「あうう……」

出た、必殺のあうう。見ればチビはすっかり涙目だった。

「買う、です……」

そう絞り出すように言ったチビがおずおずと400円出してきた。ところで君なんか敬語変になってるよ。だが商売は国境も超える。敬語が変でも問題なく成立した。これが正義だ。見たか庶民共。

「ほらよ、チビ。BLTサンドだ」

「ありがと……です……あれ？」

チビが目を瞬かせた。おそらく、BLTサンドの下に置いてあった冷たい小銭が手に触れたからだろう。俺が元々持っていたおばちゃんに握らされた300円である。

「みんなには内緒だぜ」

そう少女に言ってそのままBLTサンドごと握らせた。小学生からお金を取るなんてとんでもない。結果として100円徴収してますけどねぇ！

昼飯を失った俺はクールに去るとしよう。このガキはどうやら何が起きたかよくわかっていならしく、呆然と小銭と俺を交互に見ている。俺はその間にさっさとその場を後にすることにした。

「ちょっとアンタ」

が、騒動の内に在庫が空になり暇を持て余していたらしい購買のおばちゃんに声をかけられた。

「やるじゃない」

「ただの照れ隠しです……」

まさか見られてるとは思わず、咄嗟《とっさ》に正直に答える。何か面白いことをしようと思った俺だが、アドリブの才能は乏しかったらしく、訳の分からないやり取りになってしまったのが恥ずかしい。

「じゃあ優しいアンタにこれ、アタシが食べようと思っていたやつだけど売ってやるよ」

おばちゃんはそう言って、カウンターからコッペパンを取り出した。

「て、天使かおばちゃん!?」

「400円ね」

「ぼったくりだ!?」

結局買った。商人は信頼してはいけないと改めて思った昼下がりであった。

◆◆◆

放課後! 何て素晴らしい響きなんだろう。誰が作ったか分からない言葉だし、放課って何って感じだけど、心がウキウキする。これも10代の間だけなんでしょうか。

年を取るたびに人は何かを失っていく……悲しいです。

「鋼、今日暇だったら家来ない?」

「イイヨー」

オレ、カイト、シンユウ。アソブ、タノシイ。

帰りのホームルーム後、快人に声をかけられて二つ返事で了承した。

俺と快人はよく一緒に遊ぶし変なことは何もない。俺と遊んでいる暇があったら女の子と遊べよと思わなくもないが、この鼻に付かない感じが彼の魅力であり、素直に応援したいと思わせてくれるところだ。

かくいう俺も快人から誘われれば基本断らないようにしている。用事なんて滅多にないし。

ちなみに、古藤は調理部に所属している。放課後になってすぐさまこちらにやってこないところを見ると、今日は活動日なのだろう。

快人には古藤、桐生とは別にヒロイン候補が俺の知る限り二人いるが、一人は後輩で陸上部、もう一人は生徒会長とコテコテのテンプレ属性だが、実際ほぼ毎日活動があると思えば多忙なヒロイン達である。快人は帰宅部なので暇人だ。

ラブコメ主人公なら創作の中にしか存在しないような得体の知れない部活作ってヒロイン達と活動しろよと思わなくもないけれど、ヒロイン達がみんな部活に精を出しているとなるとそこから引き抜いて新しい部活をさせるなんてのはマイナスだ。下手したらヒロイン達の魅力を削《そ》ぐことになる。ラブコメ主人公の作る部活はどうせ菓子を食べて雑談し、人助けと称してヒロインとイチャつく程度のものだろうし、そんなものが学校から認可されるわけもない。

そういうわけで、ヒロイン達は皆忙しいから俺に白羽の矢が立ったというのはごく自然なことというわけである。Q.E.D.。

なお桐生鏡花はさっさと帰った模様。なんなのあいつ。ちゃんとしろ。

「おっじゃまっしまーす！」

誰もいないであろう快人の自宅に上がる。快人の両親はどちらも海外赴任中で、現在はこの2

階建ての一軒家に妹と二人暮らし中とのこと。実にベタな設定だが素晴らしいと思います。

　俺が快人の家に来るのは稀にあることだが、快人と出会って1年と少し、未だに快人の一つ年下の妹は見たことがない。なんでも俺たちと同じ高校らしく、生徒会にも所属しているとのことで名前はたまに聞く。確か名前は光だったたか。生徒会に1年が入るには入試でトップの成績を修める必要があるのだから相当に優秀らしい。

　学校では学年違いということもあり妹ちゃんと接するタイミングがなく、快人の家に来ても俺は夕方には帰ってしまうから、生徒会の活動でなかなか帰ってこない妹ちゃんとは出くわしもしなかった。

「ゲームでもやる？」

「いいじゃろう」

　快人の提案に頷き、渡されたコントローラーを握る。テレビ画面に表示されたのはよくあるレースゲームだ。快人と遊ぶときは様々で、帰り道で買い食いをすることもあれば、だらだら雑談したり、互いに好きなマンガ読んだり、こうしてゲームをしたり……実に普通だ。ちなみにゲームをやるときはゲーム機の置いてあるリビングでやる。ソファがふかふかで気持ちいいぞ、これ。

「そういやそろそろテストなわけだが……快人勉強してんの？」

「んーぼちぼち」

「お前テストのときは調子いいよな」

「まぁ、テスト前は蓮華さんが教えてくれるからかな」

「なぬっ⁉　我が嚶鳴高校生徒会会長にして命蓮寺グループの社長令嬢であるあの命蓮寺蓮《みょうれんじれん》華《げ》⁉」

「妙に説明口調だな……ていうか、勉強会は一緒にやるじゃん」

「関係なし！」

「おいっ！　直接相手のコントローラーを妨害するのは反則だろ⁉」

順位を落としていく快人の操作キャラ。だが、この攻撃には俺もコントローラーを操作できないという欠点があった。俺のキャラもずるずると順位を落としていき、二人仲良くドンケツに。

「嘘だ……まさか、策士か貴様⁉」

「いや、完全な自爆だから……」

「もっかい！」

的確に生傷を抉《えぐ》ってくる快人に恨みがましい目を向けつつ、再戦の準備をしていると、ガチャッと控えめにリビングの扉が開かれた。

「兄さん……？」

その、どこか暗い声色に心臓が摑まれたような感覚を覚えた。

「あれ、光？　もう帰ってたのか？」

目を丸くして快人が問いかける。やはり彼女が快人の妹……だが、まさか、そんな。

「あ……」

彼女、綾瀬光《あやせひかり》が目を見開く。俺を見て。対する俺もきっと同じような表情を浮かべているのだろう。

「ああ、もしかしたら顔を合わせるのは初めてか。こいつ、友達の椚木鋼。こっちは妹の光」

「……ども」

「やっぱり、今朝の……」

挨拶には挨拶で返しなさいとママに習わなかったのかと文句を言いたいところだが、とてもそんな軽口は叩けなかった。それどころではなかったからだ。

「今朝？　何かあったのか？」

「その、ちょっと助けてもらって」

詳細は言いたくないのだろう、そう端的に説明する綾瀬光。

そう、彼女はあの露出狂の変態おじさんに襲われかけていた被害者だ。どこかくたびれた制服を見ると、今日はあの後家に帰ってショックのあまり寝込んでいたのだろう。これもテンプレな展開……テンプレなんだけどさぁ……。

「そうだったんだ。鋼、ありがとう」

「いや、別に」

まるでコミュ障みたいな返事しか返せない。普段の俺なら、「なぬっ!?　これが快人氏の妹殿でござるか!?　想像以上の美少女に驚き桃の木山椒の木！　お義兄さん、妹さんを拙者にくだされっ！　まきびしまきびしっ！」くらい言ったのだろうけど、そんな陽気な気分になれそうになかった。

よりにもよって今朝の少女が快人の妹だったなんて。つまり俺が綾瀬快人と名乗った時点で彼女、綾瀬光は俺がそうじゃないということははっきりと分かっていたわけだ。恥ずかしすぎて、気持ちはさながら断頭台の上の死刑囚である。体験したことはないけれど。

「今朝はありがとうございました、椚木鋼先輩」

快人が紹介した名前をその場でド忘れしてくれることもなく、はっきりとそう頭を下げてくる綾瀬光。もう背中が汗でべちゃべちゃだよぉ……。

「い、いえ」

これはマズい。色々とマズい。

妹というのは王道ヒロイン属性だ。生まれた時から無条件で主人公より下の存在。庇護欲をそそらせる自尊心キラーELの持ち主だ。不景気の煽《あお》りを受け少子高齢化が進んだ昨今、セルフ一人っ子政策が進んだ現代では徐々に絶滅危惧種となりつつある存在でもある。

当然、快人のラブコメハーレムには欠かせない存在だろう。肉親という許されざる関係だからこその天然物のツンデレにも期待があった。

しかし、そんな妹が親友モブと主人公を介さない繋がりを持ってしまったら、クソビッチと煽られ人気は低迷することになるかもしれない。ましてや、それが悪漢（実体は漢という漢字を使うことも憚られるモンスター）に襲われているところを助けてくれたヒーローとヒロインの関係なんてなってしまったら。これもうくっつくしかね……げふんげふん。

「用事、思い出した、帰る」

グルグルグルと纏まらない思考に翻弄され、思わずそう口に出した。

適当におどけることや、誤魔化すこともできたのだろう。それが主人公の特権だということを差し引いても。

誤魔化すために綾瀬快人と兄の名前を名乗り、余計な違和感を与えてしまった俺に落ち度があったとはいえ、ここで解消しておかなければ後々問題が膨らんでいくのは目に見えていた。

けれど、

――コウ、もしもよかったら僕の妹と会ってやってくれない？

――妹？

――うん、コウの話をしたら会ってみたいってきかなくって。


「うっ」

頭にある光景がフラッシュバックすると同時に胸の奥底から這い上がってきた異物感に思わず口を押さえる。

見れば快人と綾瀬光が驚いたように俺を見ていた。

「こ、鋼？　どうした？　凄い汗だ。顔色も……」

「何でもない、それじゃ」

逃げるように綾瀬家を後にした。そして暫く走って、見つけた公園の公衆トイレに駆け込むと思いきり便器に吐瀉物《としゃぶつ》をぶちまけた。

――ふふ、コウさんって面白いですね。

「はぁ……はぁ……はぁ……はぁ……」

何やってんだ、俺は。彼女は違うだろ。全然違う。ただ妹ってだけだ。何をこんな過剰に……。けれど、なんで、思い出すんだ。逃げて、もう忘れたい、忘れたはずなのに。俺はもう、何でもないどこにでもいる親友属性があるだけの一モブなんだ。弁当箱の中のパセリみたいな存在で……。

――コウ……さ……もし……兄……。

「ああああああああああああああああああ!!」

叫んだ。ただ叫ぶことしかできなかった。それは後悔なのか、恐怖なのか、怒りなのか分からない。ただ、ぐちゃぐちゃとした纏まりのない感情が口から溢れ出していた。

バキッ、と音がして我に返る。

便器の縁が、俺の手によって粉々に握りつぶされていた。

辛くても次の日はやってくる

どうやって帰ったのかはいまいち覚えていない。

気が付けば現在一人暮らしをしているアパートの部屋で、制服のまま眠っていたようだ。

やけに気怠《けだる》い体を起こすと僅《わず》かに頭痛が走ったが、昨晩に比べれば随分とマシになっていた。我ながらなかなかの回復力だ。

清々しい気分とはまだ言えないが、何とか活動可能な状態まで回復した俺はとりあえず学生らしく学校に向かうことにした。

ふとスマホで時計を見ると、うん、10時。普通に遅刻してる。朝シャンしたのが良くなかったのかなぁ……でもベタベタしてたし。

「っと、着信アリだ」

スマホの告知に表示が出ている。どうやら快人からみたいだ。一応メールも来ていたので見てみると、

『お前昨日俺んちに鞄《かばん》忘れたろ』

そう書いてあった。

……ああ、どうりでやけに身軽だと思ったが、実際手ぶらだったからなんだ。

『悪い、今気が付いた。教室持ってってってくれてる?』

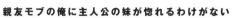

快人は授業中だろうけどメールを飛ばしてやった。あわよくばマナーモードにし忘れていて怒られろ。この時間、俺たちのクラスの授業は国語。あのブチギレ行き遅れ担任の授業だ。彼女は若くて美人だが婚期を焦っていて狂暴化しているという、これまたテンプレ感溢れる教師なのでさぞ私生活の苛立ちを転嫁され怒られることだろう。クックックッ。

あれ？
待てよ？
考えてみると、メールがバレたら怒られるのむしろ俺じゃね？
授業時間にしっかり教室にいないで呑気にメールなんて打ってるんだから。

いやいやいやいやいや、それはマズい。2日連続でお叱りを受けるのはマズい。これじゃあ親友モブというかただの問題児だ。ちょっと手のかかる駄目な生徒として、下手すれば先生ルートまっしぐら。

確かに親友モブが美人な担任（ハーレムヒロインでない場合に限る）に恋していて無残にフラれるというのは閑話としてあってもいいネタだ。実は親友モブも人間味があっていい奴なんだなぁと思えるエピソードが挟まれたりしたり、しなかったり。

だが、それは時期尚早というものだ。今そんな閑話を挟めば、早々に親友モブのエピソードを消化しきって、碌《ろく》に主人公のサポートができないままリストラなんてこともあり得る。それはマズい。親友モブの話なんて打ち切り回避して連載が軌道に乗ってからでいいんだよ。

先ほどとは一転し、バレるんじゃねぇぞ……と念を送ること数分、ピロリンとスマホが鳴った。

『まだ家にある』

「おっ、おお……お？」

先生にバレている感じじゃない文面を見て一瞬安堵したが、この内容は……まだ家？　マダイエ……？

「まだ家!?」

つまり、綾瀬家に俺の鞄は置き去りになっているということか!?

『光がいるから取りに来いよ』

アイエエエエエエエエ!?

続けて来たメールに俺は思わず叫びそうになった。どうしてそうなった!?　気が利きすぎる！　よくない方向で！

『なんでだよ！』

『何か具合悪いんだって』

そっちじゃねえよ！　そっちもだけど！

『いや、持ってきといてくれよ学校まで！』

『やだよ面倒くさい』

『具合の悪い妹に俺の接客させるつもりか！』

『光は大丈夫って言ってたぞ』

どういうことだよ！　何が大丈夫!?　聞きたくないわそんな情報！

ええい、ダラダラとメールをしていては埒《らち》が明かん！　こうなりゃ電話で……と思ったところで快人から着信が入った。ククク、ちょうどいい、流石《さすが》は親友。気が合うねぇボクたち。

「おい、快人！　お前なっ」

『椚木』

「……ぇ」

『昨日の今日でまた遅刻とはいい度胸だな、ええ？』

「しぇ、しぇんしぇ？」

『事情は聞いた。鞄を取ったらさっさと学校に来い』

なんで事情聞いちゃってんの？　何ちょっと融通利いちゃってんの？　すぐに来いでいいんじゃないの!?

『返事は？』

「はひ」

先生からのお達しともあれば、いよいよはぐらかすわけにもいかなくなってしまった。

絶望感で頭から血の気が引いていくのを感じていると、電話の向こうからは、「ありがとう綾瀬」とか言いながら先生が快人に電話を返している声が聞こえた。

『あー、じゃあ切るな』

「うっせー馬鹿！　先生に親友売りやがって！　くっそーあの行き遅れババアめ！　若者の自由をひがみやがって！　だから結婚できねぇってんだよなぁ!?」

『鋼……』

「んだよ！」

『ごめん、これスピーカー』

　プツッと電話が切れた。


「…………………え？」

　最後の言葉の意味を理解するのには随分と時間を要した。スピーカー？　つまり、あれか。そういうことか？　そういうことなのか？　いやいやいや、あれれ？　おかしいぞ？　あれを聞かれたってことはつまりそれはそういう……。

「あ、死んだ、俺」

　間違いなく怒りの鉄拳が飛んでくる。体罰だろうが関係ない。悪い事には制裁が待っている。それが社会のルールだ。

　これから快人の家で妹ちゃんから鞄を受け取らなければいけないのに、その後折檻《せっかん》を受けに学校に行かなければならないなんて。

「厄日だ……」

　もういっそ、あのまま眠りから覚めなければ良かったのに。そう思わずにはいられなかった。

「とうとう辿り着いたか……」

俺は額の汗を拭いながら重々しく呟いた。

綾瀬家。一見普通の一軒家だが、この中では綾瀬光が待ち構えている。

思えば、彼女と昨日出会ってから初めてちゃんと話す機会になるかもしれない。そう思うとインターフォンに伸ばした指先が震えた。

いやいや、ビビるな俺。そりゃあ昨日はついつい吐いてしまったが、それは突然の出会いだったからだ。きちんと準備すれば大丈夫なはずだ。


そういえば……ここに来るまで、昨日彼女と出会った近くも通ったが、あんな変質者が現れたのに注意を促す貼り紙とか看板みたいなものは何一つなかった。結構な事件だったと思うのだけど、あまり広まっていないのだろうか。

もしかしたらここら一帯では広めるほどのことでもない日常茶飯事の出来事だったとか……

えっ、あれが氷山の一角……？

「いや、流石にそれはないだろ……ないない」

変なことを考えるな、椚木鋼。あれはただのワンポイントキャラだ。もう二度と会うこともない存在……そう思わないとやってられない。

「っと、おじさんのことを考えるな、思い出すな……今は鞄だ。鞄を取り返しさえすればいいんだから」

脳裏によみがえってきた変態おじさんのシルエットを頭を振って追い出し、今度こそインターフォンを押す。ピンポーンという軽快な電子音が響き、待つこと数秒、

『はい』

インターフォンから女子の声がした。意外と普通だ。機械を通しているからか？

「椚木です。快人君の友達で、鞄を置いていってしまって」

少し緊張してそう答えた俺に、インターフォンの向こうでは若干息を吞む音がした。

『すぐに開けますね、先輩』

それからすぐ綾瀬家のドアが開いた。ドアの向こうにいたのは当然、綾瀬快人が妹、綾瀬光である。

イケメンの兄と同じく、美少女な彼女はどこか緊張するようにこちらを見ていた。それに対し俺は、

「んん？」

「先輩……？」

「んんん？」

昨日のような吐き気というか、アレルギー反応が出ない。

「君、本当に綾瀬光？」

「そう、ですけど……」

「へー、ふーん、ほーん。そっかそっかぁ！」

「いたっ、痛いです」

俺は嬉しさのあまりバシバシと彼女の肩を叩く。

結果から言えばアレルギーは発症しなかった。彼女は確かに昨日見たままの美少女だ。兄と同じ茶色の髪は肩までの長さに切りそろえられており、くりくりと真ん丸な瞳は美女というよりは美少女、可愛い系の女の子というイメージを抱かせる。

だが、普通だ。ごく普通だ。彼女は美少女で、主人公の妹で、裸のおじさんに追い回されていた子だったけれど普通だ。そうと分かれば恐れるものもない。

「じゃあ、早速だけれど鞄を」

「とにかく上がってください」

「鞄……」

あれ？　俺は鞄を受け取りに来たんだよな。なんでこの子俺を家に上げようとしてるんだ？　などと困惑している間に少女は奥に引っ込んでしまった。玄関から家の中を見渡しても鞄は置いてない。

「お、邪魔します？」

で、いいんだろうか。いいんだよな。綾瀬光が消えていったリビングの方に向かうと、彼女はダイニングキッチンでごそごそと何かしていた。

「先輩は紅茶飲めますか？」

「えっと、苦手かな」

「そうですか。じゃあコーヒーは？」

「好きじゃない。ああ、別にお気遣いいただかなくていいから、鞄を……」

「じゃあお水で。すみません、ジュースとかは切らしていて。買っておけばよかったですね」

言葉を遮るように蛇口を捻《ひね》って水を出しコップに注ぐ綾瀬光。

「あ、はい」

どうやら綾瀬光は紅茶を淹《い》れていたようで、カップと俺用のコップをリビングのテーブルに置いた。

席についた綾瀬光に従い、対面に腰を下ろす。すると彼女からじっと見られてしまい随分と居心地が悪かった。

「先輩」

「あ、はい」

「先日はありがとうございました」

「ああ、変態おじさんの」

「口で言わないでください……忘れたいので」

「ああ、だよね」

俺も忘れたい。でも忘れようと考えるほど浮かび上がってくる。記憶にモザイクをかけようものなら余計それっぽくなって気持ち悪いんだよなぁ。変態ってなんでいるんだろう。

しかし、それで話は終わり、というわけではなかったようで、綾瀬光は言葉を選ぶようにおずおずと口を開いた。

「私、先輩にお礼がしたくて」

「別にいいよ」

「でも、助けていただいたのに」

「助けたっていうか、俺も自己防衛で」

おじさんを蹴ったのは生存本能によるものだ。というか、俺と綾瀬光の間にはおじさんの話題しかないのか。何だかおじさんが俺と綾瀬光の仲を取り持とうとしている錯覚に陥る。

ああ、いったんそう考えると天使サイズのおじさんがふわふわと俺たちの間を漂っているような……末期症状だ。消えろ、オラ！　念が通じたのか薄《う》っすらとおっさんが消えていった。悪霊退散！　よぉし、この隙に話題を変えるんだ！

「そ、それはともかくさ」

「はい？」

「えっと、光さんは学校に行かなくていいの？」

咄嗟《とっさ》に出てきた質問はそれだったが、悪手だとすぐに気が付いた。

綾瀬光は表情を暗くして俯《うつむ》いた。

「外は、怖くて」

それ以上の言葉は必要なかった。そりゃあんな変態に出くわしてしまえば外や男性が苦手になっても……って、おじさああああああああん!? 一度は消えたかと思ったおじさんが再度現れた!? しかも嬉しそうに親指を立てているっ!? 消えろ! 消えろぉ!!

「駄目だ……」

「え?」

俺の呟きに綾瀬光が声を漏らす。

「おじさんを殺さないと、俺は平穏な暮らしができない……」

「おじさん?」

「君がおじさんのトラウマに怯《おび》えている限り、おじさんは一生消えないんだよ! おじさんイズフォーエバーなわけ! 分かる!?」

「わ、分かりません」

「例えばだ。君の親友が亡くなったとする」

「えっと、はい」

そう、親友が……亡くなって……。

口を開いたまま固まった俺に、光が首を傾げて見てきた。その目に見られると、何だか胸の奥、心臓を摑まれたような気分になって……。

「……先輩?」

「あ、いや……やっぱり、親友じゃなくて、えーっと、たまに町中ですれ違う感じの人が亡くなったとするだろ」

「何だか急に遠くなりましたけど」

「なってない！　人の命は皆平等なんだ！」

「そ、そうですね」

その必死さに若干、ではなく結構引かれた。

「でさ、その人の葬式に出るわけだ」

「通りすがりの方の葬式には呼ばれないかと……」

「そこは呼ばれたってことにして」

「そう、ですか。ちょっと想像しがたいですが、頑張ってみます」

例え話によくツッコむ奴だ。話の腰を折らないでほしい。けれど、頑張ってくれるみたいだから見守ってみよう。

「でさ、その人の遺体を見て、ああこの人は死んだんだって思うじゃん？」

「葬式に呼ばれている時点で亡くなったことは分かっているんじゃ」

「いや、実感的なアレね」

「実感的な……なるほど」

何この子クール。っていうか、ドライ？　現代っ子ってみんなこんな感じなの？

「でもさ、その人との思い出は残ってるわけ。なんとなく、あの場所で言葉を交わしたなーみたいな」

「はい」

「そういう思い出が残ってればさ、その人は君の中で生き続けられる。たとえ思い出であっても、消えてしまうことはない」

「そう、ですね。そう思います」

うんうん、と納得するように頷く綾瀬光。ドライでクールな悟りガールな彼女にも伝わってくれたようだ。

そう、これはよくある美談だ。死んだ人のことを忘れずに生きていこう。背負っていこう。みたいなアレだ。でも……。

「でも、お前があの変態おじさんのことを忘れない限り変態おじさんは君の中で生き続ける！」

「ええっ⁉」

「たとえおじさん自身は刑務所にいてもその心はいつも君の傍にいる！」

「何でそうなるんですか⁉」

「あのおじさんが社会的に死んでも、おじさんの残した傷跡は今もなお被害者の中に残っているからだ！」

「そんなの嫌です！」

涙目になる綾瀬光。そうだろう、そうだろう。……なんかごめんね。でも痛いのは、苦しいのは俺もなんだ。

「俺だって嫌だ。君を助けたのは完全に成り行きだったけれど、同じくあのおじさんを背負った者として一刻も早くおじさんを消し去りたい」

「は、犯罪は駄目ですよ……」

「しねーよ！　馬鹿か!?　仮におじさんを殺しちゃったら、前科におじさん殺しが残っちゃうだろうが！　書類上もおじさんを背負うなんて耐えられないから！」

そうなったらもう駄目だ。死ぬしかない。でも自殺してもおじさんは付きまとう。死因：おじさんを殺したショックで投身自殺、なんて目も当てられねーよ！

「とにかくさ、ハッピーな話題で上書きしよう。なぁ、綾瀬光。いい話題ないの？」

「いい話題……ていうか、先輩。綾瀬光って」

「ん？　自分の名前じゃん」

「そうですけど、フルネーム呼びって変じゃないですか？」

「お前、先祖が代々受け継いできた苗字と親がつけてくれた名前否定すんの!?」

「そういう意味じゃないです！」

顔を赤くして怒る綾瀬光。いい感じにテンションが上がってきたみたいだぜ（まるですべてが計画通りに進んでいるといったようにニヒルな笑顔を浮かべる策略家風）。

「じゃあ綾瀬」

「苗字、ですか」

「お前、先祖が代々受け継いできた……」

「否定してませんから！　馬鹿にしてませんから！」

「じゃあいいじゃん」

「……まぁ、いいです」

何故か拗《す》ねたように口を尖らせる綾瀬。話進まねぇなぁ！

「とにかく、ハッピーな話題だ。何かあるだろ」

「そんな急に言われても……」

「うーん、できれば男性関係だといい。男に悪いイメージを植え付けられた分、男のいいイメージで上塗りするというのがベターだ」

「そう言われると余計……あ」

何かを思いついたように綾瀬が顔を上げる。今日何度目か、彼女の目と、俺の目が合った。

瞬間、先ほどはなかった、ぞくっと何か悪寒《おかん》のようなものが走った。サーッと俺の体の内側を撫でるように血の気が引いていく。対して綾瀬は顔に血が集まっているかのようにじんわりと頬を赤くして
「その、気になる人が……」

マズい。なんだかマズい感覚が全身を駆け巡った。駄目だ、鈍感主人公の親友を務めている俺まで鈍感じゃあ成立しないからこそ、俺はそういった感情の機微に敏感であろうとしている。

だから分かってしまう。もしかしたら過敏になり過ぎているだけかもしれないけれど、少なくとも予兆があるってことだ。

気が付けば、昨日、この家で彼女に会った時と同等の感覚が全身に満ちていた。

「その、私……」

止めろ！　俺の中で何かが叫んだ。

それは綾瀬のためじゃない。俺自身のためだ。あの、薄暗く、幸せで、残酷な時間が蘇ろうとする。この子の眼差しが俺の心を焼き消そうとする。

「私、あの時、先輩が」

考えろ。考えろ。考えろ。

どうすれば止められる。どうすれば変えられる。どうすれば逃げられる。考えても、考えても、浮かんでくるのはあの日の、あの村の、あの子と、あいつと……。

「駄目だ!!」

思わず叫んでいた。理屈も何もない。ただ、呼び起こされようとする記憶を無理やり押し留めるためだけの呻《うめ》きでしかなかった。

しかし、それが功を奏した。綾瀬は言葉を途中で止め、驚いて俺を見たまま固まっていた。

「あ、あの……先輩……?」

「あ、いや」

動揺して声を震わせる綾瀬を前に、俺は口ごもった。

目の前にいるのは綾瀬光。ただの一つ年下の女の子だ。そんな彼女の言葉を自分の我儘《わがまま》で押し留め、誤魔化すのは誠実さに欠ける。

それでも、

「まぁ、方法なんて後から考えればいいしな」

何とも情けないことに、そんな彼女に甘えて俺はそうお茶を濁した。主人公の妹の言葉を誤魔化し有耶無耶《うやむや》にするなんて親友モブの名が廃《すた》る……。

「そう、ですね」

俺の思惑に気が付いているかどうか、とにかく綾瀬はそう呟くと紅茶を口に含み、話を止めた。まるで興奮による火照《ほて》りを冷まそうとするようにゆっくりと紅茶を味わっている。

「とにかくだ、おじさんに引っ張られるのはよくないよ、うん」

「……でも、外に出るのはまだ……男性が怖くて」

綾瀬の発言はもっともだ。一匹いれば他も疑えってのは何もゴキブリだけのことじゃない。この地球には約75億の人間が住んでいるのだ。他の露出狂の変態にまた出くわさない方がおかしいってもんだ。奇跡、乾杯。

「友達も心配するんじゃないの」

「そう……かもしれませんけど、でも」

少し揺さぶってみたが、綾瀬は苦し気に俯くだけだった。手が僅かに震えている。これ以上はより苦しめるだけかもしれない。そもそも俺はカウンセラーじゃないし。

さらに言えば俺は主人公でもない。綾瀬のようなオーラを持った美少女には相応の聖戦士、じゃなくて主人公がセットでいるものなのだ。彼女に巣食うおじさんという悪魔から救い出す

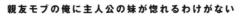

ヒーローが。そして、幸運なことにそのヒーローは誰よりも彼女の近くにいる。

「兄がいるだろ。快人。あいつとなら一緒にいても大丈夫じゃないか」

「そう……ですね。家族なので、問題なく話せてます」

「じゃあ最初は快人と一緒に出掛けるとかでもいいんじゃないの？」

「兄と、二人で？」

「いいじゃん？　兄妹仲良く」

俺の言葉に綾瀬は少し嫌そうな表情を浮かべた。その意外な反応に思わず身を乗り出した。

「え、何、仲良くないの？」

「そういうわけじゃないですけど」

「弁当作ってるんじゃないの？」

「料理は私の担当ですし」

「好きじゃないの？」

「好き？」

「えっと、異性として」

「あり得ませんっ！」

照れなんかじゃない、明確な怒りを孕《はら》んだ言葉に俺は椅子ごと後ろにぶっ倒れそうになった。

いや、彼女はラブコメ主人公の妹だよね？　それがどうして兄に好意を向けていないんだ？

そりゃあ常識から見れば肉親に恋心を抱くという方がおかしい。それをつい最近知り合ったばかりの他人に見せられないというのはよく分かる。それでも、兄への好意があれば突かれたときに咄嗟《とっさ》にツンデレ感が出ちゃうとか、必要以上に怒っちゃうとか、そういう何か、ラブでコメディな展開を思わせる可能性を見せてくれるもんだろ！

綾瀬の反応じゃあマジで好意がないみたいじゃねーか！　兄に惚れない妹なぞ存在しねぇ!!

と、動揺していたのが綾瀬にも見て取れたのか、彼女は呆れたように半目を向けてきながらため息を吐いた。

「先輩には兄弟はいますか？」

「いや、いないけど」

「じゃあ分からないかもしれませんが、兄弟ってやっぱり特別な存在かもしれませんけれど、基本、鬱陶《うっとう》しいって思ったりするものなんですよ」

ちょっ!?　お前何言ってんの!?　そりゃあ、そういう話も聞くよ？　でも、妹キャラのお前が言っちゃ駄目だろ!?

「今は流れ上、二人暮らしですけど、会話も少ないですし」

人気落ちるよ!?　クソビッチ乙とかいって叩かれるよ!?

「その、会話も合わないですし」

ツンでる。デレない。

「たまに一緒に風呂でも入ろうとか言ってくるし」

さすがにお兄様。それはちょっとキモいかもです……。

「ま、まぁ……うん、これ、リハビリ目的だから。兄をベースに慣れていくのがいいんじゃないの？　っていうアレで……ハイ……」

脈なし。まじまじとそれを認識した俺はもう話を先に進めることにした。

快人、なんかごめん。俺、お前に次会った時どんな目を向ければいいか分からないよ……。

「と、とにかく兄貴は通過点って割り切って、慣れてきたら男友達みたいな距離の近い相手から接していくんだよ、うん。……男友達っている？」

「友達ですか……」

「そうだ、彼氏とかいないの？」

「……いませんけど」

睨まれた。あ、はい、そうですか。ごめんなさい。

ここで主人公なら「勿体ないな。こんなに美人さんなのに☆（イケボ）」とか言って美少女の頬を赤らめさせるのだろうけど、生憎《あいにく》俺は主人公じゃないしイケボでもない。

「まぁ、そっか」

「どういう意味ですか？」

「え？」

「私に彼氏がいないということに何か納得してませんか？」

何か琴線に触れたのか、口をへの字にして睨んでくる綾瀬。

彼氏いないのが当たり前と思われたのが、ちょっとムカついたんだろうか。

「そんなに、私って魅力ないですか」

そういうことですか……。どうやら俺の無神経な一言が美少女のプライドを傷つけたらしい。

「いや、そういうわけじゃなくてね。その、高校入りたてなんてのはそういうもんじゃねーのっていう話で」

「これでも結構モテるんですよ。告白されたり、ラブレター貰ったりとかもたまに」

「へぇ、すげーじゃん」

ここで俺が思うのは、ラブレターって文化まだあったんだなぁということだった。貰ったことないから分かりまへん。

快人は……貰っててもおかしくないけどどうなんだろう。今度あいつの鞄でも漁《あさ》ってみるか。

「だから、余計怖いんです。そういうのの中に、その……いやらしいものが混ざっている気がしてしまって」

「あー、そうかもな。もしも綾瀬が『男性を興奮させ露出狂にする力』みたいな超能力を持っていたとしたら、再発の可能性はグンと上がってしまうし」

「先輩っておかしいこと言いますね。超能力なんてありませんよ」

「その通り。超能力なんてないんだ。だから、周りだって襲ってきたりなんかしないよ」

俺の言葉に綾瀬は目を丸くして、納得するように微笑んだ。

「変な慰め方ですね」

「ハイセンスだろ？」

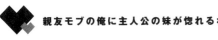

「……ありがとうございます」

「お礼言うとこ？」

「気を遣ってくれているんですよね。それが嬉しくて」

綾瀬はそう言って嬉しそうに笑う。そしてひとしきり笑った後、椅子から立ち上がってリビングのテレビに向かった。そして、その裏に手を突っ込みビニール袋を取り出す。

「何それ」

それをぼーっと見ていた俺は、綾瀬がビニール袋から取り出したものを見て思わず叫んだ。

「俺の鞄!?」

「はい」

何事もないかのように頷く綾瀬。

「どうしてそんなところに!?」

「すぐに渡したらそのまま帰ってしまうと思ったので隠してました」

隠してましたって……いや、なんで？　という疑問を口から出す前に綾瀬は鞄を脇に挟むとポケットからスマホを取り出した。

「先輩、連絡先教えてくれませんか？」

「え、なんで」

今度はすんなり口から出た。おかげで綾瀬からは半目で睨まれてしまうが。

「先輩は私の記憶から、あの人、を消し去る手伝いをしてくれるんでしょう？　連絡は取れないと」

「そういうもんなのか？」

「そういうもん、ですよ」

彼女に圧のある笑みを向けられ、渋々スマホを取り出す。アドレス帳を開き、固まる。

「先輩？」

「ああ、いや……」

少し考え、綾瀬に提案した。

「連絡を取るのはいいが、電話だけにしないか？」

「電話だけ、ですか？」

俺の発言の意図が分からないように顔を僅かに顰《しか》める綾瀬。

「ほら、文字でのコミュニケーションは3割程度しか伝わらないっていうだろ。今の綾瀬の状態じゃあ、不用意なメールが傷つける結果になるかもと思うと気が気じゃなくて」

「わかりました。逆よりはいいですし」

口から出た理屈だったが、綾瀬は納得して頷いてくれ、結果、電話番号だけを教える。そして俺から離れると彼女は何かを小さく呟いたが、流石に小さすぎて聞こえなかった。まぁ、分からないなら分からないでいい。

「それじゃあ、お邪魔した。鞄、ありがとうな」

「はい、先輩」

鞄を受け取り、挨拶を交わす。流石に今度は引き止められることはなかった。

「電話、しますね」

「……おう」

「それと先輩」

「何?」

「私、頑張ります。だから……もしも何かあったらまた助けてくれますか?」

「俺じゃなくてもいるだろ。ほら、快人とか、快人とか、快人とか……」

「先輩が見守ってくれているって思えるから、頑張りたいって思えるんです」

「……そう。まぁ、努力する」

「はい、努力、お願いしますね、先輩」

ニッコリと笑顔を浮かべる綾瀬に苦笑を返し、足早に綾瀬家を後にした。

少し歩いて、小さくため息を吐く。

「綾瀬光、かぁ……」

行きとは違う鞄の重さを感じつつ学校までの道を歩きながら、綾瀬光のことを考えていた。俺の前では平気そうだったが、生徒会にも所属する優等生であり、そのことを自覚しているであろう彼女が、学校に行けないというのは、見た目からは分からないほどに深い傷を負っているに違いない。解決には相応の時間と、対処が求められる。とにかく最もいい形の〝解決〟を考えなければ。

綾瀬は〝彼女〟に似ている。性格は違う。共に美人だが容姿も異なるといえば異なる。それでも、似ていると思わせる何かがある。それが何か分からずとも……ただ一つ、俺と関わるべきではないということだけは分かる。

関わればきっと、綾瀬光は不幸になる。〝彼女〟がそうだったように。

人は過ちを繰り返す

「座れ」

「……」

生徒指導室なう。そう脳内SNSで呟きながら先生に従い座る。いいねゼロ。

「何故下座に座る？　お前は奥、上座だ」

「でも先生の方が目上ですしぃ……」

「重役出勤が何を言う。私のような定時出社の平社員にはとてもとても」

「いや、それはですね」

「いいから座れ」

「……ハイ」

逃れることはできず、結果逃げ道を封じられた。俺は上座（奥、窓際、出口の扉との間には先生がいるポジション）の椅子に座り、対面に先生（アラサー・未婚・美人だけど怖いイメージが勝り色々マイナス）が座った。

「最初に聞くが」

「ハイ」

「何故裏門から侵入しようとした？」

「……」

気まずさから、視線を逸らした。

が、そんなことでは先生の鋭い視線は俺を逃がそうとはしない。

「何故裏門から侵入しようとした？」

二度目。これは言うまで次に進めない感じだ。

「たまには気分を変えてみようかなぁと」

「3時間遅刻して気分を変える、か？」

「先生が正門で待ち構えている予感がしてなんとか逃げ出そうと考えていました」

はっ!? 圧のある先生の声に思わず正直に話してしまった。


ちなみに、先ほどまでの展開はこう。

学校に着く↓正門に担任が待ち構えているのを発見↓咄嗟《とっさ》に裏門に回り込む↓塀をよじ登ると何故かそこには担任が（今年一番のミステリー）↓そのまま生徒指導室に連行↓現在。

しっかり正門に待ち構えているのを視認してたのになお捕まったんだよなぁ……。

「きっと？ きっとねぇ」

ああ、これ、視認してたのもバレちゃってましたね。てへっ☆

って、バレてんのかよ!? てへっ☆じゃねーよ！ バカか！

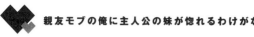

もう先生の目はマジだ。なんだか全身震えてきた。どうするよ、どうすんの俺！

「すみません……」

ああ、どうするどうしないの前に俺の本能が謝罪をしていた！　机に頭を擦り付け、ただただ、謝った。

「……一応、事情は綾瀬から聞いている」

この綾瀬というのは兄の方だろう。主人公であり、そして、通話をスピーカーにした戦犯、ダークヒーローである。

「だが、綾瀬の家に行って鞄《かばん》を忘れたというのは間違いなくお前の過失だ。分かっているな？」

「……ハイ」

「それに私にも暴言を吐いたな」

「いや、それは」

「行き遅れババア……だって……？」

アカン！　この人自分で言って傷ついてる！　なんて酷いこと言っちゃんだんだよ俺ェ!?　大人のそういう結婚適齢期云々ってのはデリケートな話題だってワイドショーでも言ってたじゃんかよ！　俺のバカバカバカ！

「とりあえずお前は夏休み中、補習決定だ」

このババァ！！！！

「ええっ!?　期末テストは3週間後ですよね!?　補習は赤点を取った生徒の特権だって先生言っ

てたじゃないですか！　ちなみに赤点は40点以下だって聞きました！」

「赤点を取ろうが取るまいが、懇切丁寧に補習の説明をしようが、お前の補習は決定した。良かったたな」

　ニヤリと先生が悪い笑みを浮かべた。

「嚶鳴高校では、成績とは別に、それでは判断のつかない問題児を担任権限で一人だけ補習に呼べる権利が与えられている。私はそれをお前に使う」

「そ、そんなっ！　か、勘弁してつかぁさい！　高校生の貴重な休日を何だと思ってるんですか！」

「私の夏休みは1週間もないが？」

「すみませんでしたっ!!」

　公務員大変！　そりゃあ結婚もできないよね！　社会人はみんなそう？　せやな!!

「し、しかし先生」

「何だ？」

「自分は授業に出なくていいのでしょうか」

　今は4限が始まったくらいの時間だ。こんなところ（監獄）で時間を潰していていいのだろうかという、至極真っ当で真面目な模範的発言だったのだが、

「2日連続、3回も私の授業を飛ばしておいて、よく授業に行かなくていいのでしょうかなど言えるなぁ？」

担任（国語担当、現代文、古文漢文兼任）は圧のある笑顔で俺を見てきた。今の俺は蛇に睨まれた蛙状態だ。俺、吐血してない？　白目剝《む》いてない？　生きてる？　大丈夫？

「今日はみっちり、補塡授業をしてやろう。これもまあ担任権限というやつだ」

そう言って先生は嗜虐的《しぎゃくてき》な笑みを浮かべた。この高校は教師に権利を与えすぎでは……。

どうも、今日はもう先生の担当授業はないらしい。だから俺を拘束するとのこと。他の科目は？　知らないよ、この人のクラスでは国語が何より優先される。

だが、今はそんなことより重要なことがあった。いや、今までのが全て吹き飛ぶかのような重要な話があったことを俺は聞きそびれも、ど忘れもしちゃいない。

「みっちりって何かエッチな響きですね！」

「死ね」

「酷いっ！」

俺は仮にも生徒だぞ!?　いや、仮じゃなく本物の生徒だ！　それなのに死ねなんて教師の言うことじゃない！　セクハラされたからって何言ってもいいのかよ！

……と、心の中で叫ぶ俺。非は我にあり。それを認めていたからこそ口に出して文句を言う勇気はとても俺にはなかった。

もしもこれが主人公なら、『ちょっ、馬鹿！　先生相手に何言ってんのよ！　あなたは生徒でしょっ、そういうのは卒業するまで……って何言わせんのよ！　こんの馬鹿ちんがぁ〜！』とでも言われたのだろうが、ただのモブに美人な行き遅れ担任の相手はやはり荷が重いようだった。

「お前用に課題のプリントを山ほど用意してある」

ドンっと、さっきからチラチラ視界に入っていたプリントの山が俺の前の机に置かれた。ああ、やっぱりこれ僕のだったんですねぇ……。

「え、みっちり……付きっ切りじゃあ」

「バカか？　いつまでも付き合うわけないだろう。終わった頃に見に来るから片付けておけよ」

「生徒に向かって死ねとかバカって教師としてどうなんですか!?　ねぇってば！　おおい！」

先生は出て行った。補填授業ってこれ……？　授業とはいったい……。

俺は一人、生徒指導室においてけぼり……。

「くっ……」

口から、思わず声が漏れる。

「くくくっ……」

それは、

「くくくくく！　あーはっはっはっ！」

歓喜の叫びだった！

セーフ、セーーーッフ!!　アイアムウィナー！　イヤフーッ！

これを勝利だと言わずして何と言う!?

恐怖の権化である行き遅れババアの監視を逃れたぞ！

監視がないのなら、適当にプリントを埋めて残り時間をダラダラと消費すれば勝利だ！

補習ってのも気は乗らないけど、それはそれで何だかモブっぽくていい感じだぞ！　最悪すっぽかせばいいしなっ！

「あーはっはっはっ！　わーっはっはっはっ！　ピャーヒャッヒャッヒャッ！」

「うるさいっ！」

「ハイッ！　すまままません っ！」

すぐさま生徒指導室に戻ってきた先生に喝を食らわされ、エンペラータイム終了。享年7秒。

この後、滅茶苦茶プリントした。

◆
◆
◆

昼休みっ！　渡されたプリントは10分の1も終わってませーん！　総量が多すぎるってそれ一番言われてるから。

昼休み突入のチャイムをしっかり聞きとどけ、俺は悠々と生徒指導室から出て、とりあえず昼飯のパンでも買おうと購買に向かった。

「はーい、押さない押さない！」

購買のおばちゃんの声が響き渡る、相変わらずテンプレ感満載の購買の風景である。そして……、

「ふぇぇ……」

またいたぞ、このチビ。

2日連続で学がないとはこのことで、相も変わらずチビは荒れ狂う人々の群れを涙目でおろおろと見渡していた。こうなるのは分かっていたのだからコンビニかどこかで買っておけばよかったのに……。やれやれだぜ。

まぁいい。チビなんぞは無視してさっさとパンを奪取し、ダッシュで生徒指導室に戻って脱臭だ！（謎）

「ん？」

いざ行かんっ！　と決意を決めたところで、制服を摑まれていることに気が付く。見ると、

「あの……」

ぎゃあああああああああああああああああああ!?

チビだ！　チビがいる！　取り憑いている！　俺に！

「は、離せ！」

「助けてくださいっ！」

「ド直球!?」

「お恵みをです！」

「その訳わかんない文法の敬語やめろっ！　バカが移る！」

「ゆうはバカじゃないです！」

「やめて！　同類だと思われるからやめて！　買う、買ってくるから！　恵むですから!!」

数分後、

「ど、どうぞ、お納めください……」

「ふっ、くるしゅうないです」

「どうして俺がこんな目に……」

一つのパンの確保でも難しい不景気な今日この頃、二つももぎ取ってきた俺を労《ねぎら》うわけでもなく、安全圏でのんびりしていたチビは偉そうにそう言っただけだった。

「ゆう、そのハチミツの方がいいです」

「我儘《わがまま》すぎません？」

「お金は払うですから」

「それは前提なんだよなぁ」

「ハチミツの方ください」

「わーったよ」

何がこいつをそれほどまでに突き動かすのか。

渋々、ハチミツとマーガリンがサンドされているコッペパンをチビに渡す。対価としてチビは100円を手渡してきた。あの、これ、税抜価格……。

「さぁ、行くですよ」

「行ってらっしゃい、俺は帰るから……」

「何言ってるですか？　一緒に食べるですよね？」

「はぁ？　頭沸いてんのか、このクソチビゆうたが」

「ゆうた？　ゆうは女の子ですよ？」

「うっせぇ！　恵んでもらうことしか能がないお前なんてゆうただ！　ゆうたで十分だ！」

世界中のゆうたさんごめんなさい。チビみたいなやつの引き合いに出されて。ほら、チビも謝れって。

「ゆうはゆうたじゃなくて、ゆうです！」

「YOUはYOU？　我は汝……的な？」

直訳すれば汝は汝だが。よそはよそ、うちはうちみたいな感じ？　それじゃあ真なる我も出てこれないんだよなぁ。

「ゆう、は名前です！」

そう言って学生証を見せてくるゆうた。デカかな？

学生証には真面目な顔で写っているチビの写真と、1年A組「好木幽」という表記があった。

「あーん……？　おなこぎ……？」

「よしきですよっ!?　よしきゆうです！」

「オーケー、覚えた。ゆうた」

「覚える気ないですね!?」

「物乞いのお前はゆうただ。たく、後輩のくせに先輩様をパシらせるなんてふてえ野郎だぜ」

「先輩だって知らないですし」

「お前1年なんだから学校には同輩か先輩しかいないだろ、チビなんだし」

「身長気にしてるですから言うなです！」

ピーピーギャーギャー騒ぐゆうたに辟易《へきえき》しつつ、もう無視した方が早いんじゃないかなと思い生徒指導室へと足を向けた。が、

「あれ？　こっちって教室の方向じゃないですよね？　どこ向かうですか？」

「ついてこないでくださいませんか」

とはっきりと拒否しても聞かないゆうたは、あたかも友達かのように横を歩いてついてくる。鬱陶《うっとう》しいが追い払ってもまた押し問答になるだけだ。ここは少しビビらせてやるか。

「ヒッヒッヒッ、俺の居場所はここヨォ……」

辿り着いた先で、ずびしっ、と親指でニヒルに生徒指導室を指した。悪い顔を浮かべるのも忘れない。

「せ、生徒指導室っ!?」

びっくりどっきりな反応を示すゆうた。

「脱獄犯だったですか!?」

「獄じゃない。ちなみにまだここに囚われの身だから脱してもいない」

「つまり現行犯と」

「ふ、服役中だ」

「変わらないです、どっちでも」

ゆうたは一切の遠慮もなく生徒指導室のドアを開け入っていった。マイペースかよ。

「へー、こんなふうになってるですねぇ」

「なんで当たり前のように入ってるの？」

「意外と片付いているですね」

「住んでないからね!?」

一時的に入れられているが在住ではない。ここ重要。

「おやまぁ、大量のプリントが」

「それを見つけてしまったか。勘のいいガキは嫌いだよ」

「さしずめ、何かしらを担任の先生にしでかして怒りを買い、ここに閉じ込められ延々大量のプリントをやらされている、という感じでしょうか。それも国語古文漢文が夢のドリームマッチ……大門先生によるものでしょうか」

「勘良すぎちゃう？」

「つまり、ここで導き出される答えはただ一つです！　あなたは、2年B組！」

「名探偵か、貴様!?」

小さな体だけあって推理はできるらしい。見事に俺のクラスを言い当てたゆうたはご褒美を求める子供のように目をキラキラ輝かせている。ただ、クラスを言い当てたくらいじゃあ、俺は動かんのよなぁ。

「あってますです？」

「合ってるよ、2年B組だ」

「よかったです。10パーセントくらいの確率で担任の仕業でない可能性もありましたですから」

「それがどんな統計を元に算出した確率なのか聞いてみたいわ」

ゆうたは満足したのか俺が座っていた上座に座り、コッペパンを包むビニールの封を切る。

「さぁ食べますですよ。お昼休みは有限ですから」

「ソダネー」

もう逆らうのも面倒になってきた。

モグモグTIME、突入！　乾燥剤の取り忘れにはお気を付けください。ちなみに、俺のパンはよくある感じのクリームパンである。

「ところで先輩」

「食べながら喋るとはお行儀の悪い奴だな」

「先輩のお名前は？」

「椚木鋼」

「あっさり言ったですね!?」

「それに驚かれるのに驚きだよ！」

「僅《わず》かな付き合いですが、先輩は捻《ひね》くれに捻くれを通り越した人だと認識してるですから」

「お前、心底俺のことバカにしてるだろ」

「まあでも、覚えました。椚木鋼さん、椚木さんですね」

「否定しないんだな」

名前を覚えた程度でドヤ顔を浮かべるゆうた。昨日初対面という早さでここまで舐められるのは初めてだヨ……。

と、ここであることに気が付いた。ゆうたのクラス、そして彼女のクラスは……。

「なぁ、ゆうた」

「何ですか」

「お前、1年A組ってことは、綾瀬光と同じクラスか？」

「光ちゃんですか？　同じですよ」

「じゃあ少し聞きたいことがある」


そして時は流れ……。


「ホラーっ！　また2対1になっただろ!?」

「ぐぬぬ……もう1回です！　次は違う結果になるですよ！」

「……お前ら、何をしている！」

「何してるって、見りゃ分かるでしょ。ババ抜きを二人でやると最後は必ず2枚と1枚になるの法則を……アレ？」

気が付くと、トランプの真理を探求する俺たちを本物のババ（担任）が見下ろしていた。

それで状況を察する。もしや俺……またやらかした？

「おい、ゆうた、今何時だ？」

「えーっと、14時半です……って、もうとっくに5時間目始まってるですよ!?」

「知ってるよ！　お前、チャイム鳴ったときに授業行けって言ったら、今はこちらが大事です！とか言って聞かなかっただろ！」

「イ、イッテナイデスヨー」

「先生！　こいつです！　こいつのせいなんです！　サボっていたわけじゃ！」

「卑怯です椚木さん！　大門先生、ゆうは椚木さんに強制されたです！　悪いのは全部この人です！　スメハラです！」

「てめぇ!?　俺は臭くねぇ！」

「いーや臭いますですよ！　プンプンです！」

「臭くない！　むしろナイスメだろ！」

「スンスン、はいバッスメ〜」

「カッチーン……！」

このクソガキ……温厚ということで地元で鳴らしたこの椚木の鋼さんも流石《さすが》におこだよ？　おこだかんね!?　そろそろ年長者として、この生意気なクソガキに縦社会の厳しさってやつを教えてやるべきだな。

「それはいつまで続けるつもりだ？」

「ぇ」

「ぁぅ」

この場における絶対的上位者の浮かべた清々しいスマイルを前に凍り付く俺とゆうた。

「覚悟はできているんだろうな、椚木。それにお前は1年の好木だったな」

「オーマイゴッド……」

「名前、把握されてるです……」

「まあいい。好木は教室に戻れ」

「はいです！　教官！」

「なっ!?」

「くふふふふ、それじゃあお先に失礼するです。椚木さん、ごゆっくり〜です〜」

まさかのチビは無罪放免。そそくさと去っていったゆうたに納得がいかず、俺は思わず叫んだ。

「不公平です！　なんであいつだけ！」

「不公平だと？」

「あ、いえ」

「どうやら、このプリントだけじゃあ足りないみたいだなぁ？」

「へ、へへへ……」

そこから先は記憶がない。

ただ気が付けば夕焼けを通り越し、すっかり暗くなった生徒指導室にいて、大量のプリント（処理済み）が机の上に積んであった。

しばらくぼーっと真っ暗な窓に反射して映った自分の情けない姿を眺めた後、なんとか職員室にプリントと生徒指導室の鍵を届けると、残っていた先生から担任はもう帰ったと聞かされた。

あんのババァ!!

学校を出ると辺りは既に真っ暗になっていた。

なーんて言っても、実際は真っ暗なんかじゃない。いたるところに街灯が立っているし、そこら中にある深夜営業の店が光を放っている。こんな都会じゃ空の星を眺めることも、「暗闇の中にいると、まるでこの世界に俺一人しかいないような感覚に陥る……」なんていうアンニュイな中二病ごっこもできやしない。

科学の進歩と共に失ったものの大きさをしみじみ感じつつ、家への道を歩いていると、ポケットに入れていたスマホがブルブル震えた。

画面を見ると、知らない番号が表示されていた。

「もしもし？」

『こんばんは、先輩』

「げっ、お前かよ」

思わず顔顰《しか》めた。相手は今日番号を渡したばかりの綾瀬光だった。

『げ、って何ですか？』

「いや……番号教えたその日に電話かけてくるか、普通」

『かけないんですか、普通は』

「さぁ……番号交換したことそんなないし」

『今回も正確には先輩から私に一方的に渡しただけですけどね』

電話の向こうでクスクスと笑う綾瀬。楽しそうだ。

『先輩、今日の学校はどうでしたか？』

「かーちゃんか、お前は」

『いいじゃないですか。私は行けていないんですから、気になります』

「そう言うなら来ればいいだろ」

『それができたら苦労しませんよ、まったく』

まったく？　まったくなんだってんだ！

開き直る綾瀬。更生の道は遠い。こういうのは悩んでいる奴よりも開き直った奴のほうがよっぽどたちが悪いというのが世の常だ。

ただ、実際綾瀬の話に乗るにしたって聞かせるほどのネタはない。

クラス学年が違うということを差し引いても、俺は遅刻の罰で生徒指導室に引きこもっていたのだ。そういう意味では場所こそ違えど、俺と綾瀬は同じ引きこもり同士なのである。引きこもりが引きこもりと会話をしたところでロクな情報が生まれるはずもない。

「そういうのは同じクラスの奴に聞けよ、ゆうたとか」

『ゆうた？　そんな人クラスにいませんけど……』

「あー、ほら、あれだよ。あのちんちくりんの……えーっと、ゆう、ゆう、ゆうなんとか」

『幽ちゃんですか？　好木幽ちゃん』

「そう、そいつ」

『どうして先輩が幽ちゃんのこと知ってるんですか？』

ひえっ。何か言葉に圧がある。

「ど、どうして責められにゃならん」

『責めていません。聞いているだけです』

やっぱりこいつかーちゃんかよ！　怒ってないと言って怒ってるやつだ。イメージだけだけど。

ていうか、よくよく考えれば答えに悩むこともない。俺とゆうたは偶々《たまたま》出会っただけだ。偶々
俺が餌付けして、偶々トランプしただけの仲だ。

なんで脳内俺は言い訳がましいんだ？　仮に俺がナンパしてゆうたを引っ掛けてても後ろめた
さは……って、アレをナンパなんて想像つかないけれど。

「偶々会ったんだよ。そんで話した」

『信じられません、あの幽ちゃんが？』

どの幽ちゃん？　少なくとも俺の知っている幽ちゃんは話しただけで驚かれるような奴じゃな
かった。図々しくて、自分勝手で、滅茶苦茶なバカだったはずだ。

そんなあいつが話した程度で驚かれるなんて……本当に俺の知っている幽ちゃんと綾瀬が知っている幽ちゃんは同一人物なのか？

ん？　同一人物……？　ま、まさか！

「あいつ、双子だったのか……!?」

『一人っ子ですよ。バカですか、先輩』

こいつ一言多くない？

「……冗談で言ってんだよ」

『ふふ、そうですか』

「何がおかしい」

冗談か？　冗談が笑いのツボをついたのか？

そうかぁ、冗談、ジョーダンか、いやぁ、まさかこいつも俺のまーまーイケてるジョーダンセンスが分かる存在だったのかぁ。笑いのダンクシュート決めちゃったか、コレ。

『こうくだらない話をしていると、とても仲良くなったみたいで』

「……ジョーダンじゃない」

そんなのジョーダンじゃない。俺のジョーダンセンスのことでもない。まさかのダブルドリブルである。そりゃないよ、マイキー。

『照れなくてもいいじゃないですか』

「照れてない。いいか？　俺とお前は先輩と後輩。ちょっと稀有な経験をしてお前さんは傷ついているから、心優しい俺様が助けてやろうというだけで」

『はい、救ってください、先輩』

「何か言葉的に助けるより強くなってない？　やめろよ、俺そういう力強い言葉苦手なんだよ」

『殺戮《さつりく》、とか？』

「力強い言葉で真っ先に殺戮が出てくるお前の脳内どうなってんの？」

『覗いてみます？　直接』

どうやって⁉　もう積極的とか気さくとか通り越してサイコだよこの子！

『冗談です。ふふ、冗談返しです』

「うぜぇ。つーかさっきから冗談だらけだろ」

『酷いです先輩。折角話を弾ませようとしているのに……それに先ほどのは冗談じゃありませんよ？』

楽しそうに電話越しにコロコロと言葉を転がしてくる綾瀬に、俺は思わずため息を漏らした。

「随分元気そうだな。もう学校来れんじゃねーの」

『そんなことありませんよ。これでも電話のこちら側では男性と長く話したことで蕁麻疹《じんましん》がもう』

「おーそれは大変だ。じゃあ切るぞ」

『嘘です、嘘嘘』

「すぐに嘘つくのはよくないな。泥棒の始まりだってかーちゃんに習わなかったのか？」

『その言葉そっくりそのまま先輩に返しますよ』

おいおい、俺は嘘をつかないことで有名な男だぞ？　嘘なんてつくはずがない。

だが、仮に。仮に俺が嘘をついていたとして……こいつは一体どのことを言ってるんだ。もう自分でも何が本当で何が嘘か分からないんだよなぁ。人の数だけ真実はあるっていうし。

『まぁ、それはいいとして先輩。明日も来てくれますか？』

「何処《どこ》にだよ」

『当然、私の家です』

「何が当然か分からんし、そもそもあそこは綾瀬一家の家だ。用がなければ行くもんか」

『いけずう、ですね』

「言葉のチョイス古いな！」

まるでからかうような態度の綾瀬と話しているとどうにも疲れる。エネルギーを使う相手ってのは嫌いじゃないが、今日は朝の綾瀬、昼のドチャクソチビ、夕のプリント地獄を乗り越えた後だ。綾瀬で始まり綾瀬で終わるハンバーガー形式はＮＧ。

やはり疲れているし、夜まで働くのは世界からも哀れまれる典型的なジャパニーズビジネスパーソン、ジャパニーズシャチクの姿。

まだ学生の身分である俺としては分不相応だし、色々としんどい。無給だからねコレ。無休だけに。

「じゃ、そろそろ切るぞ」

『そうですか、それじゃあおやすみなさい、先輩』

声だけでも、満面の笑みを浮かべていると分かる弾んだ声を残し綾瀬の方から電話を切った。

通話が切れたことを確認して、小さく息を吐く。

なるほど、流石は主人公の妹。少し悔しいが、なかなかに会話は弾んだし、楽しかった。しかしこの関係は間違っている。

なぜなら俺は主人公の親友モブでしかないからだ。ヒロインの素質を持つ綾瀬光と釣り合いなんて取れるはずがない……のだが、どういう因果かどうにも密に関わってしまっている。

関係を解消し元の在るべき形に戻すには、このままずるずる時間が過ぎるのを待つのではなく、どこかで何かしらの決着をつけねばならない。

露出狂のおじさんから彼女を助けた俺、そしてそんな俺に対して、不登校になりながらも何かアプローチをしてくる彼女。このどこかぎこちない関わりの中に綾瀬について紐解くヒントがあるはずだ。

普通に考えれば親友属性を持つ程度のモブである俺に主人公の妹様が惚れるはずはない。

だが、舞台装置であったとしても一応俺も一人の人間だ。誰かの勝手な都合で一方的に振り回されるのは気持ちのいいことじゃないという思いも多少ある。ましてや俺が必死で作り上げたこの親友ポジションが脅かされるような役はまっぴらごめんだ。

だったらやることは決まっている。俺は一人、笑みを浮かべた。鏡で見ればおそらくそこには悪魔がいるだろう……！

「ククク……あまり俺を舐めるなよ……見せてやるぜ、俺の本当の力をなぁ……！」

俺のその言葉は闇夜に消え……ることなく街灯の下で彷徨《さまよ》って、

——チャリンチャリン
そんな自転車のベルの音でかき消された。オッサンが後ろからチャリで煽《あお》り運転してきていた。

「プッ」

「おいお前何笑ってんだ！　人がキメてるところだろ!?　勝手に聞いてんじゃねぇ！　しかも無灯火じゃねぇか！　お前なんて警察に見つかって補導されちまえバーカバーカ！」

思わず飛び出る恨み節。聞こえていないのか聞いていないのか、チラチラと街灯に照らされながらも遠ざかる背中。

そんな背中を見て思う。怒って戻ってこなくてよかったぁ……と。

桐生鏡花

うおおおおおおおおおおおおおおおおお！　遅刻ううううううううううううう！

なーんて、そう何度も同じことを繰り返すと思った？　残念！

今日はちゃんと起きましたー！　正に正道！

というわけで昨日までのデスロードとは打って変わり、俺は余裕綽々《しゃくしゃく》な気分で一人通学路をトボトボ歩いていた。

そもそもの話だけど、遅刻ってやっぱりいけないと思うの。一昨日だって遅刻をしたから変態おじさんに出くわしたわけだし、昨日だって遅刻をしたから担任にしごかれた（性的じゃない意味で）。

遅刻さえしなければ……遅刻さえしなければ……そう思ううちに俺は植物になっていた（大嘘）。

「ちょ、くっつくなよ、紬。もう暑くなってきたんだし」

「別にいいじゃーん！」

おっと、目の前にいらっしゃるのは我らがヒーロー、綾瀬快人君とその愉快な幼馴染である古藤紬さんじゃないか。会っていないのは1日だけだが、随分と久しぶりな感じがするぞ。

すっかり暑くなり、夏休みを前に、身軽な夏服へとチェンジしている今日この頃。古藤紬のほわわんとふくらんだ胸が快人の腕に当たり、ホヨョンと萌えキャラの鳴き声みたいな擬音を出して形を変えているのが手に取るように分かる。

ごめん、嘘。強がった。分からない……ええ、そうですとも！ 分かりませんよ僕には！ いけないっていうんですか、そんなんじゃ!?

そうだね、手に取るように分かったらいいのにね。手に触れる、空気が、おっぱいだったなら……いいのにね……。

「あれ、鋼？」

「おう……」

「な、なんで朝から落ち込んでるんだ？」

目ざとく俺を見つけた主人公、快人はわざわざ俺に声をかけてきた。当然おっぱ……古藤もセットだ。

「おはよー、椚木っち！」

俺を見つけた段階で抱きつくのはやめていた古藤は、子どもっぽく大きく手を上げて挨拶してきた。

彼女は、俺のことを育成ゲームのキャラクターみたいに呼び、無垢な笑顔を浮かべている。

「おっす、快人、古藤……」

「お、おう。おはよう鋼。大丈夫か？　なんか声暗いけど」

「気にすんな。ちょっと、世界の不公平さを嘆いていただけだから」

俺の言葉に快人はよく分からないように苦笑している。

まぁ、俺も尺度を世界と広げすぎたことに後悔している。地区大会くらいにしておけばよかった。

ちなみに、俺と古藤はヒーローヒロインの関係ではないが、別に仲が悪いことはない。むしろ関係性を表すならば友達というのが正しい程度には仲がいいと俺は思っている。

快人の幼馴染である古藤、快人の親友である俺。その二人に接点が生まれておかしいことなんてないんだよ。


いいかい？　ヒロインが性格悪いなんて普通ない。むしろ性格が良くないと人気は出ないしラブコメは売れない。嫌なヒロインっていうのは、嫌われることを前提に作られた、それはもうただの悪役なんだよ。分かる？　本当のヒロインは簡単に暴言吐かないしトイレにだって行かない！


「綾瀬君、古藤さん、おはよう。あら？　ゴミクズが二足歩行してる」

前言撤回。いたわ、性格悪いヒロイン。

「あっ、おはよう、鏡花」

「おはよ、桐生さん」

(俺に対してだけ）攻撃性の高い挨拶を放ちながら現れたのはクラスメートの桐生鏡花だ。相変わらずクールな雰囲気を出しながらも、気持ちの悪いくらい清々しいにこやかな笑顔を浮かべて挨拶をしてきた（俺以外に）。

そんな彼女に応える快人と古藤。古藤は相変わらず桐生が嫌い、というか苦手らしく、少し暗くなっている。

まぁ分かるよ。俺も苦手だもん。

桐生はよく暴言を吐くから、俺の豆腐メンタルは傷つけられ、既にインスタント味噌汁に入っている豆腐みたいな細切れサイズになっちゃってる。

だが、古藤の悩みは俺のことなんてちっぽけに思えるほど根が深いのだろう。こればかりは女性同士でしか分からないに違いない。

「何？」

俺の視線を感じて気持ち悪そうに僅《わず》かに身じろぐ桐生。僅か、そう僅かな体の動きだが、その空気の動きをおそらく古藤は敏感に察知した。目のハイライトが僅かに消えかかっている。

その原因は桐生のお胸である。決してないわけじゃない、普通にある古藤の一般的に見て十分なそれに比べて、2倍……いや3倍!?　何だあいつはっ!?　隊長機かっ!?

「古藤、気をしっかり持て！　傷は浅いかもだぞ！」

「椚木っち、私もう駄目、あれに比べたら、私のなんて、おも付かない只のπだよ……円周率だよ……」

何言ってんのコイツ。

今にも崩れそうな古藤の発言に首を傾げつつ、でも放っておくわけにもいかんし……と、必死で言葉を思い浮かべる。

「古藤っ！　いいじゃないかπ！　全然いいだろπ！　3．14の3桁計算強いられるより計算楽だろπ！　算数嫌いの子供たちの多くを救ってるよπ！」

語尾がπになるππ星人と化した俺の言葉に古藤が次第に目の明かりを取り戻していく。どうやら正解だったらしい。ありがとうππ星人。

「そうかな……？」

「そうπ！　元気を出すπ！」

「朝からパイパイうるさいわよ！」

ガツンっ！　と俺の後頭部に桐生が持っていたスクールバッグがクリーンヒットした。そしてぶつけられた勢いのまま倒れる……その瞬間に間近に見えた、夏服ゆえに、薄着ゆえに身体をより明確に浮き立たせてしまうそれが揺れる様に……俺は、現実が残酷であることを知った。

桐生のそれは萌えキャラの鳴き声なんかじゃ表現できない。大リーグのスラッガーのスイングのような豪快さを併せ持ち、萌えキャラを球場の彼方に打ち飛ばしてしまうような凶悪兵器だった。

そして、どうやら古藤も俺と同じものを見たらしく、今度こそハイライトを完全に失いフリーズしていた。桐生ちゃん、あんたは天才だ。

快人はというと桐生のお胸の動きに目を奪われている。まったく快人という奴は、こいつも

やっぱり男ということか。主張が激しいからとちらちら見おってからに、情けないなぁ、うん……ちらちら。

「ふぅ……このバカは放っておいて、貴方達、早く行かないと遅刻するわよ」

当の加害者である桐生はそんな三者三様の行動など気が付いていないようで、そんなことを言うと、さっさと歩き出してしまった。

「そ、そうだな。行こう、紬。鋼も」

「う、うん……」

「親父にも殴られたことないのにっ！」

桐生を追うように再び通学の途につく快人、古藤、俺。

古藤の精神的ダメージと俺の物理的ダメージは大きいぞっ！

「私、がんばる。そしていつか桐生さんに勝つ」

ぽつりと呟かれた古藤のその決意の言葉に、俺は何も返せなかった。

グーはパーには勝てない。それがこの世界の真実だ。ああ、友人の窮地に俺はなんて無力なんだろう。多分ムリ、としか言えそうにない。

そもそも古藤。俺にとってお前は友人であると同時に快人のヒロインなのだ。親友キャラはヒロインの手助けをできないし、通り一遍のことを言って、その場で慰めることくらいしかできない。ヒロインを真に助けられるのは主人公だけだ。

親友キャラがヒロインを助けようと思うのならば、その親友キャラが実はヒロインのことが好きだったみたいなバックボーンが必要になる。それは俺の寿命を縮める完全な悪手だ。

強く生きろよ、古藤。

大丈夫、お前のいいところはいっぱいあるよ。元気だし、明るいし、ちょっとデリカシーないけど、一緒にいると楽しくなるよ。だから大丈夫なんじゃないかな。おっぱいは、その、置いといて。

ぽつぽつと会話を交わしながら並んで歩く快人と桐生の少し後ろを、少し俯《うつむ》いて歩く、普段の元気いっぱいな姿とは程遠い古藤の背中を見ながら、俺はただそう心の中でエールを送ることしかできなかった。

❤
❤
❤

時は流れ放課後。もう放課後。

授業についていては特筆すべきことは何もないし、昼休みはまたしてもドチャクソチビに絡まれただでさえ苦しい財布事情に鞭打つ羽目になったが、特筆してやりたくもない。第一、購買の後輩って微妙に親父ギャグっぽくてダサくない？　ダジャレが流行ったのは平安時代までなんだから！　センス疑うわー。

「快人ー、今日放課後どこか寄ってかない？」

「ああ、いいよ」

隣のクラスから健気にやってくる古藤に快諾する快人。放課後デート決定！　古藤の部活がない時は大体こんな感じである。

「あっ、鏡花もどう？」

さっさと帰り支度を済ませて席を立とうとしていた桐生に快人が声をかける。同時に古藤が少し複雑そうな表情になった。

「ごめんなさい、用事があるから」

良い子のみんな。お兄ちゃんからアドバイスだよ。世の中には悪い人がたくさんいるんだ。彼女もその一人。口ではごめんなさいなんて言っているけれどアイツ絶対1ミリも悪いなんて思ってないからね。社交辞令感丸出しだからね。主人公様が誘ってるというのにまったく、本当にヒロインとしての自覚ないな。

「椚木っちもどう？」

おーっと!?　古藤、それは違うだろー！

おそらく桐生が誘われたことに動揺して、彼女を抑え込むための抑止力として俺に期待したか（十中八九役に立たない）、自身のメンタルケアのためか、それらの理由からかと思われるが、まさか俺に声をかけてしまうなんて！

桐生はあっさり断ったのだから、そのままなら二人でデートできるのに！

「ああっと、俺は……」

どうしよう。こういう時、どうすればいいかいつも悩む。

というのも、こと主人公ヒロイン関係の話だと俺は決裁権を持たないのだ。イエスともノーとも言いづらい。今回はヒロインから誘われてしまったのでより対応しづらい。

これがもし主人公から誘われていれば、ついていくと主人公の鈍感さにヒロインがヤキモキするというヒロイン啓発イベントになる。断れば「おいおいデートかよヒューヒュー！　こりゃあ俺には邪魔できねぇぜ。熱くて熱くて火傷しちまうよ！　熱いよ！　激熱だよ！」とからかいながらも、送り出すことができる。

もしも誘われなかったら？　放課後デートに嫉妬して暴れ狂うが？　理不尽？　どこがだよ！！！！！！（逆ギレ）

「ああ、俺、用事あるから……」

結局戸惑いながらも断るという凄く中途半端な対応になってしまった。これは帰ったら一人反省会ですね……。

「そっかー、残念」

古藤の言葉には本当に残念そうな色があって、そういうところは好感が持てる。もっと恋愛にガツガツしてもいいとお兄ちゃん思うんだけどな。

「……」

っと、何故か教室の入り口で出ようとする体勢のまま足を止めてこちらを見ている桐生がいた。俺と目が合うと、僅かに睨み返してきて教室から出て行った。なんじゃい！　見世物じゃねぇぞ！

「じゃあ、行こう紬。鋼、また明日」

「じゃあね、椚木っち！」

「おう」

教室から出て行く二人を見送る俺。うーん、これでいいのだろうかと、いまさら思い始める。

このまま見送っては親友キャラである俺の立つ瀬がない。せっかくのデートイベントに何の介入もできないなんてダサすぎる。

いやいや。これは好感度上げのための汎用イベントかもしれない。そうであれば俺の存在はむしろ邪魔だ。絡むならメインイベントで、と親友モブの教科書にもしっかりと書かれているのだ。

うん、今日は真っ直ぐ帰ろう。たまには早く寝て、健康に14時間睡眠でもしよう。きっと疲れが取れに取れてオーバーライズするほどになるだろう。ナイスな展開じゃないか！


「で、どこ行くのさ、紬？」

「適当に商店街回って……そうだ、今日ご飯作ってあげるよ！」

「本当？　じゃあ、光に連絡しとく。ありがとな紬」

10分後、仲睦まじく、傍から見ればデート中にしか見えない快人と古藤の後方10メートル地点で二人を監視する男の姿があった。

当然俺である。

べ、別に寂しくなったわけじゃないんだからね！　もしかしたら古藤との距離が一気に縮まるかもしれないし、そしたら「これ、新聞の特典で貰ったんだけど、俺行く相手いないし、お前古藤誘って行けよ……」的な、親友お助けイベントのために今人気のデートスポットとか、回数券の相場とか調べなくちゃいけないってだけなんだから！　フンッ！


思えば、快人のフレンズにツンデレっていないな。古藤は元気で健気なバカって感じだし、桐生はクールな優等生キャラだがデレはない。未だ未紹介のヒロイン二人もツンデレとは違う。ツンデレって一時代を築いたトレンドキャラだったたと聞いたが、現代においては使い古された手垢だらけのフンドシって感じで受け悪いのかなー。可哀想。

「っと、本屋に入るみたいだな。健全健全」

俺は二人に続いてこっそり本屋に入ると、二人は漫画コーナーの方に向かっていた。あそこから死角となれば、参考書コーナー辺りがちょうどいいか。

俺は変身セットの一つ、伊達メガネ君1号を取り出し装着し、優等生へと変身を遂げ、参考書コーナーで適当な本を手にする。うんこ……？　まぁ、これでいいか。

参考書を立ち読みするふりして二人を観察する。どうやら少年漫画誌を眺めながら漫画談義をしているらしい。楽しそうだからいいんだけど、なんか色気ねぇなぁ……古藤の欠点として、快人との距離感が同性の友人かと思えるようなそれだというのが挙げられる。

結構男子人気は高いのだが、こと快人においては幼馴染ということもあり、あまり異性として意識する機会がないというか……これは悪戯《いたずら》な天気の神様に通り雨を降らしてもらって、「スッケスケのドッキドキ！　こんな時に限ってバスがなかなか来なくって……（はぁと）」事件を発生させるしかないのではないだろうか。

生憎《あいにく》、近代化が進み傘なんてコンビニですぐに手に入ってしまうのだけど。それどころか、快人も古藤も折りたたみ傘を常時携帯しているタイプだ。隙がねぇ。

「ぐぬぬ……どうする……」

「ねぇ」

「今話しかけんな。考え事の最中なんだから」

「それ、小学生用のドリルだけど？」

「んあ？　って、なんだ桐生か……桐生!?」

なんとっ!?　うんこモチーフの教材を読んでいたらあのクール系美少女優等生である桐生鏡花に声をかけられた!?　用事あるって言ってませんでしたか!?

「な、なんだ、お前。まさか、コイツが欲しいのか……!?」

「いらないわよ。言ったでしょう、それ小学生向けの教材だって」

「そ、そうなのか。ふーん、まぁ知ってたけどね、うん」

改めて目を通すと、なるほど、うんこをモチーフにした穴埋め漢字ドリルのようだ。下ネタが大好きな子供たちと大きなお友達には人気が出そうだ。語呂で覚えるタイプの『解人二十問答VS明知五語呂シリーズ』に通じるものがある。

「で、どうしてここに？　ここは絵本コーナーじゃないわよ？」

「俺の精神年齢低く見積もりすぎじゃね？」

「漢字読めないでしょうに」

「読めるわっ！」

小学生向けドリルを手にしている今は説得力ないかもですけどっ！

っと、あまり騒いでいると快人たちに見つかる。

「桐生、話は後だ」

「話？　貴方みたいなのと話すことがあるとでも？」

「へーへー、そうですね。それじゃあここで」

さようなら、という感じで自然に逃げることができそうだ。ヒロインと遭遇した時はどうしようかと思ったが、結果オーライ。さっさと退散するとしよう。

「待ちなさい」

「ん？」

「……いいわ。聞いてあげる。その話というのを」

「んん？」

「ちょうどいいわ。そろそろはっきりさせましょう。私とあなたの関係をね」

何だか不穏な流れになってきやがった。

今までにない桐生から漂う圧に、俺はただ頷くしかなく、とりあえず場所を移し、近くのファストフード店に入った。

当然快人と古藤の尾行は中断である。ヒロインである桐生と一緒に尾行なんてそんな危険度の高い行為をする気はない。

「初めて来たわ……」

そう呟きながら興味深げに店内を見渡す桐生。別になんも珍しいことは何もない何処《どこ》にでもあるただのチェーン店だ。まるでおのぼりさんのような桐生の姿に苦笑しつつ、

「お前なんか食う？　俺は食うけど」

そう投げかけた。夕方でまだ晩飯には少し早いが、どうせ来たのだからここで済ませておきたいと思っての発言だ。まぁどうせ桐生はドリンクのみとかだろう。

意識高い奴はエネルギー過多だとか塩分が～とか言ってファストフードを毛嫌いしている傾向が高いというのが俺の持論だ。あいつらはファストフードをバカにしていれば自分が偉くなったと勘違いしており、意識は高い分、知能が低めに設定されているのだ（偏見）。

というわけで、意識が高い桐生と、意識も知能も低い俺の第二次口戦が始まるかと思われたのだが、

「そうね……食べようかしら」

「えっ、意外。こういうの食べるんだな」

「食べたことはないけれど……今日、家に人いないから」

色っぺー！　なんだか色っぺぇ！　ちょっと気まずそうに髪をいじる桐生に、流石《さすが》の俺もそう

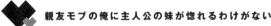

思わずにはいられない。素材は満点の美少女なのだ。この殊勝な態度を見せれば、男の大半は落ちるだろう。

「今日家に人がいないから」を切り出して着メロ化すれば町中で今日家に人がいない桐生が大量発生するに違いない。なんて、お泊まりでムフフな素敵ワードが飛び出しても、ここは桐生の家じゃなくてどこにでもあるチェーン店。億が一にも桐生と俺がそんな関係になることはあり得ない。

それ以降、特に会話もないまま、カウンターで俺たちの番が来ると、俺と桐生は同時にカウンターのメニュー表を覗き込んだ。

が、それがやけに距離が近い。ええい、何だこれは。俺と桐生はこういう距離感になることは本来あり得ない。あってはいけない間柄のはずだ。

俺はサッと身を引いて、キャンペーン中と書かれた広告に目を向けた。

「もう決めたの？」

「おう。お前さんは？」

「私はまだ……結構色々な種類があるのね。こういうのはハンバーグだけだと思っていたけれど。鶏肉、魚、エビなんていうのもあるし、野菜もバリエーションが……」

ぶつぶつと呟きながら興味深げにメニューを見ている桐生。男性の店員さんはそんな桐生に見惚れていた。確かに普段の雰囲気からは想像できない無防備さだ。

もしかして双子!?　の件《くだり》は別のやつでもうやったか。割愛。

「……決めたわ」

ものの数分であったが、悩み切った桐生はわずかに横にそれて俺に場所を譲った。先に言えということらしい。

「あの看板の、半熟タマゴバーガーポテトセットで」

「それを二つ」

こいつ乗っかってきやがった。決まってなかったんじゃねぇか。

訝《いぶか》しむように桐生を見ると、桐生はつんっと顔を反らしやがる。

「『少しのことにも、先達はあらまほしきことなり』よ」

ファストフードのメニュー選びなんて少しのことというのも烏滸《おこ》がましいくらい些細なことだと思うけど。まさか、かの兼好法師もこんなポテトが揚がる音が鳴り響く店内で引用されるなんて思っていなかったことだろう。

「ドリンクはいかがなされますか?」

「ドリンク……」

ちらっ、とこっちを見てくる桐生。

「セットだからついてくる」

「……そう」

ここで普通なら先の流れを踏まえ俺が先に選ぶものだ。だが、今度は桐生に先に選ばせるつもりだ。ドリンクまで同じメニューなんて仲良いみたいで恥ずかしいし。

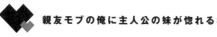

当然俺は決めている。ここに来たら頼むのはいつも同じドリンクだ。

「じゃあ……リンゴジュース」

「ぶっ！」

「貴方は？」

「……リンゴジュースで」

「やっぱりね」

やっぱり？　何がやっぱり？　口角を上げる桐生に顔を顰《しか》めつつ、すぐに出てきたドリンクと番号札を持って適当な席に座った。ハンバーガーは追って席に届けられるシステムだ。

「さて」

対面に腰を下ろした桐生鏡花はリンゴジュースに口をつけることもなく、腕を組んで真っ直ぐ俺を見てきた。むにゅう、とその大きなお胸が形を変える。目に毒すぎる！

「こうやって、面と向かって話すのは随分と久しぶりね」

「久しぶりっていうか、初めてじゃね」

リンゴジュースを適度に摂取し、桐生に返事をした。俺の声は自分でも驚くくらい不機嫌そうで、そんな俺の言葉を受けて桐生も不機嫌そうに顔を顰めた。

「やっぱり、そうとぼけるのね」

「何をだよ」

「……私のことよ」

「とぼけるもなにも、お前の名前は桐生鏡花。我らがクラスのナンバーワン美人で、告白を断るどころか全部ガン無視する氷の女王。成績は学年トップの秀才であり、合気道有段者でもある」

「く、詳しいわね」

「調べたからな」

ヒロイン候補の情報は、少し調べればわかるプロフィール程度なら把握している。流石に体重やスリーサイズとかは知らないけれど。

それでも桐生にドン引かれるには十分だった。

「……そう」

少し息を吐いて、桐生もリンゴジュースに口をつけた。

「あ……おいしい」

「そうだろ。チェーン店といっても、ここのリンゴジュースは美味《うま》いんだ」

なんでも本社の方が果樹園も経営していて、そこで取れたリンゴをジュースにしているらしい。この系列の店でしか味わえないのである。

「味は分かるのね」

「何？　馬鹿にしてるの？　してるよね。もうずっと、いつでも、どんなときも」

「していないわ。今回だけは」

「今回限定かよ」

「感心しているの」

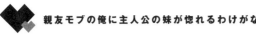

「それバカにしてるのと変わんねーから！」

などと、怒ってみるものの、意外と悪い気はしない。思えば桐生とここまで長く話したのは初めてかもしれない。それこそ快人を挟んでいてもなかったことだ。

「お待たせしました。セットの半熟タマゴバーガーとポテトになります」

ちょうど会話の合間に待っていたハンバーガーとポテトが届けられた。桐生は包装紙をまじまじと見ながらもちらっとこちらを見てきた。

「んだよ」

「フォークとナイフがないわ」

「ベタなリアクションすんな！」

「冗談よ」

くすりと笑うと、一切躊躇《ためら》いなく、しなやかな指でポテトを摘《つま》んで口に運ぶ。多分この姿を写真に撮っただけでもファンの連中は諸手を挙げて購入するのだろう。俺も一枚、いいすか？

「それにしてもおかしな話ね」

「ん？」

「私と貴方が二人きりでご飯を食べる日が来るなんて」

「どーいう意味だよそりゃ」

二人きりではあってもこの騒がしい店内ではムードもへったくれもない。だが、そうだとしても十分に異常事態であることは確かだ。

それでも、面と向かって言われると頷くのは憚《はばか》られる。同じことを考えていたというのに、つくづく小さいな、俺。

「変わっていないところもあるけれど、やっぱり変わったわね」

「どういう意味だよ」

「さあね」

桐生は穏やかで、しかしどこか悲しげにそう言ってリンゴジュースを口に含む。

対する俺は、気が付けば眉間に随分と力が入っていた。無意識のうちにへの字に曲がった口が僅かにピリピリとした痛みを放つ。遊ばれていることに苛立ちを覚えるように。

「リンゴジュース」

「は？」

「どうして好きなの？」

「どうしてって……何となくだよ何となく。なんか気に入ったってくらいで……まあ、リンゴは創世記の禁断の果実って言われるくらいだし、俺の中のダークな感情がそのあたりとピッタリ嵌《は》まったってことなんだろうけどな！」

「甘くてしょっぱいのがいい」

おどける俺とはまるで違う温度感で、桐生はそう呟くように言った。

「は？」

「私はそう聞いたわ」

それは責めるような音色を孕《はら》んでいた。

「……誰からだよ」

「子供の頃のことは覚えてる？」

質問に質問で返すな、と文句が出かかったが引っ込める。桐生の真剣な口調に、いよいよ本題に入ったと分かったから。けれど、子供の頃とは……。

「子供の頃？　如何《いかん》せん昔のことはなぁ……」

「……小学校の思い出とか」

それが目的か。俺は目を閉じ、昔に想いを馳せる。だが広がっているのは瞼の裏の暗闇だけだ。

「悪いな、昔のことはあまり」

「……そうでしょうね。そうじゃなかったら……」

「回りくどいな。いい加減教えてくれよ。何が目的なんだ？」

桐生はやはり責めるような目で見てきていた。けれども、俺も腹の底から湧き上がる苛立ちを感じていた。

こいつが知る由《よし》もないことだろうが、桐生の質問は俺にとって触れられたくないものだった。しっかりと鍵をして頭の隅に押し込んだ、ある事実。

けれど、それを桐生が叩き続けるのなら、それを知って何かが変わるって言うなら、安いプライドはこの際捨ててやる。

「俺は、５年より前の記憶がないんだ」

「は……？　記憶がない……？　忘れた、ではなく？」

「忘れたと同じだろうけれど、残念ながらかけらもなくしちまったもんだから、最初からなかったのと変わらないと思ってる」

「記憶喪失、ということ？」

「まあ、そうなる」

桐生は驚いたように目を丸くした。口も間抜けに半開きになっている。よほど衝撃だったらしい。

「じゃあ、……大樹のことも覚えていない？」

「大樹？」

「私の、弟」

ぽつり、と桐生は苦しむように呟いた。

「桐生大樹《きりゅうだいき》、その名前も、思い出せない……？」

「……ああ。悪い」

ぎゅっと、桐生が強く拳を握るのが見えた。何かに耐えるように強く握られた拳は小刻みに震えていて、俺はなんと声をかければいいのか分からない。

「私、貴方が……嫌いだった」

「知ってるよ、ああもグズグズ言われてたらな」

「だって、再会したのに大樹のこと、私のこと知らないふりしてとぼけていると思っていたから。

けれど、まさか記憶喪失なんて」

今にも泣き出しそうな桐生の姿に俺はただ困惑していた。もしも俺が記憶を失っていなければ。そんなどうしようもない仮定に想いを馳せてしまうほどに、今の彼女は助けたくなるくらい弱々しく映った。

忘れたのは俺だ。なのに桐生は俺の事情を知らずに軽蔑していたことを後悔しているように見えた。こんなことになるくらいなら、永遠に誤解されたままの方が良かったかもしれない。

「……場所を変えましょう。ここじゃ、話しづらいから」

殆ど口をつけていないハンバーガーを再び紙袋に包み、捨てるのには抵抗があるのか鞄《かばん》に入れる桐生。俺も全く口をつけていないハンバーガーを鞄に入れ、席を立った。

正直、これ以上話したところでという考えがないわけではない。大樹という彼女の弟のことは思い出せないし、そんな状態でも聞いてしまえば関わらないわけにはいかなくなるだろう。ただきっかけは既にできてしまったのだ。ここから、彼女の思いを踏みにじり、クズ野郎を演じることはとてもじゃないが無理ってもんだ。

「どこに行くんだ」

「私の家……近くだから」

……先ほどの「今日家に人がいない」発言が本当にお家訪問に繋がるとは思っていなかった。が、俺は黙って桐生に先導されるまま、日の沈みかけた商店街を歩き出した。

桐生の家は2階建ての立派な一軒家だった。まさかクラス一の美少女である桐生鏡花の家に行くことになるなんて。来てみて実感したがこれはかなりの大事件だ。

「お前さ、友達いるの？」

「突然何？」

「いやぁ……あの桐生鏡花の家に上がる初めての同級生が俺でいいのかという……」

「別に構わないわよ。貴方は……友達ではないから」

友達じゃないのなら、そんな辛そうな顔は浮かべないでほしい。

きっと無自覚なのだろう、桐生は気にしていないように振る舞いつつ、鍵を開けるとさっさと家に入ってしまう。扉を開けたまま待っているなどという気遣いがないのは彼女らしいけど、やっぱりこれ入ってこいってことだよな。

「友達いないこと認めちゃってんじゃん……いやいや、家に呼んでないだけだよな。うん」

実際、美人ってだけで触れづらいことに加え、桐生自身もどこか冷たい雰囲気を出しているのだから、周囲もなかなか気安く話しかけられないよな、と納得しつつ、彼女に従い桐生邸に入った。

「お邪魔しまーす……」

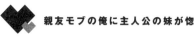

「ついてきて」

桐生は玄関の目の前にある階段を上っていく。んん？　リビングとかに行くんじゃないのか？　まさか2階にリビングがあるとか？

「どこ行くんだ？」

「私の部屋」

「…………はい？」

「いいからついてきなさい」

私の部屋ってことは、つまりこの桐生鏡花さんの……？　いやいやいや、いきなり部屋はハードル高すぎだろ！

「ちょ、待てよ！　お前は普通の男子高校生にとって女子の部屋がどういうものなのか全く理解していない！」

「どうでもいいわよ、そんなの」

「よくないだろっ、って、おい！」

苛立ったかのように、桐生は愚図《ぐず》る俺の腕を強引に掴み階段を上がる。俺はされるがまま引っ張られ、ネームプレートに鏡花と書かれた部屋にぶち込まれた。

「待ってなさい」

そう言って俺を残して部屋から出ていく桐生。

ちょ、こいつ何なの？　色々通り越して怖いよ！　なんで同級生（友達じゃない認定済み）を残して出ていけるの!? 俺が変なことしたらどうするんだよ! 世の中にはな、信じられないことに朝っぱらから裸で街を徘徊《はいかい》するような男もいるんだぞ!?

合気道有段者である桐生に一小市民である俺では敵わないという考えだったとしても、無警戒すぎる。などと心配しつつも、やはり俺は男の子。

「ここが桐生の部屋……」

良くないと思いつつ、つい室内を見渡してしまう。

よく整理された勉強机、枕元によく分からんキャラクターのぬいぐるみが置いてあるベッド。頭の固そうな本ばかりが入っている本棚。壁のフックにはおそらく普段制服を掛けているのであろうハンガーが掛かっている。そしてクローゼットやタンスも置かれており、きっとあの中には男の夢が詰まっているに違いない。

フローリングの床にはカーペットが敷いてあるものの座るためのクッションなどはなく、頻繁に客が訪れるような環境じゃないのは分かった。

そんな、実に生活感漂う女の子の部屋に残された俺はどうしていいかも分からず、部屋のど真ん中に正座してただただ桐生を待った。

普通美少女の部屋に呼ばれるなんてのは男子高校生にとって心躍るようなイベントなのだろうが、今回は話題が話題だし、心境としては処刑を待つ囚人のそれである。

「待たせたわね」

数分後、帰ってきた桐生が持っていたのは客人をもてなすための飲み物などではなく、大きな

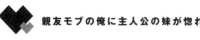

アルバムのような冊子だった。

「それ、何だ？」

「小学校のアルバムよ」

「なんでまた」

「記憶喪失でも察してはいるわよね」

桐生は小さく息を吐き、アルバムの表紙を見せてきた。

「私たち同じ小学校だったの」

「まあ、そっか」

それはなんとなく察していた。むしろ今までの話をして察せないと、現代文の授業は何のためにあるんだと言いたくなるレベルの読解力だ。国語はみっちりやらされましたからね。

「嚶鳴高校じゃ、多分同じ小学校出身は私と貴方だけよ。他県だし」

「桐生は引っ越してこっちに？」

「ええ。父の転勤で」

となると、本当に偶然俺たちは再会したらしい。桐生的には俺が追っかけてきた形になるのかな？　記憶を失っている分、それがどれくらいの偶然なのか分からず、いまいち実感は湧かないけれど。

「しかし、同じ小学校かぁ……実際どんな感じなんだ？　小学生の同級生って」

それは小学校の記憶がない俺にとっては純粋な疑問だったが、不躾《ぶしつけ》すぎたかもしれない。人と人の関係なんてそれこそ人それぞれだろう。

　桐生もアルバムを抱えたまま、ベッドの縁に腰を掛けつつ、

「どうと言われても人それぞれだから」

「ですよね」

　真面目で当たり前の返しをしてくる。俺も納得せざるを得ないが、会話も広がらない。会話のキャッチボールどころか、受け取ったボールをそのまま籠《かご》に戻すような桐生のおかげで沈黙が息苦しい。

「しょ、小学校の友達っていうとあれだろ？　友達１００人計画の元、富士山でおにぎり食って、日本一周して、全世界お笑いツアーを敢行するっていう感じなんだよな」

「そういう歌はあるけれど、実行に移している小学生は世界中に一人もいないでしょうね」

「そっかぁ！　まぁ最小単位が１００人なんだし、少子化の昨今じゃ難しいかもなぁ！」

「そうね」

　……沈黙。

「本題に移っていいかしら」

「どうぞ」

　俺はボケるのを諦めた。これ以上は、いや既にＫＹってやつかもしれないし。というわけで大人しく彼女が広げたアルバムを覗き込んだ。

「これが俺？」

桐生が開いたページには、幼い桐生と、俺の面影のある少年が写っている写真があった。桐生は小さい頃から彼女だと分かる程度にはべっぴんさんだった。

二人は頬がくっつくくらい密着しており、お互いに年相応の無邪気な笑顔を浮かべている。今の氷の女王な印象とは全然違う。見ると、2年生の遠足の思い出と書いてあった。

「俺たち仲が良かったの？」

「ええ」

「あ……そう」

普通に頷かれると思っていなくて、なんか気まずい。

「私と貴方は、桐生と椚木、あいうえお順で連番だったから」

「あーそうか。そうだよな」

言われてみれば、確かに近い。桐生とは今年から同じクラスだが、間に宮藤《くどう》って奴がいて、席は一つ離れていた。けれど、そもそも「き」と「く」だからな。席が近ければ仲良くなっても不思議じゃないか。小学生だし。

……というか、あいうえお順て。お前のキャラなら五十音順だろ。何？　ギャップ萌え狙ってるの？

「貴方は私の一つ後ろの席で、じっとしているのが苦手な子だった。授業中でもお構いなしにちょっかいを出してきて、よく二人纏《まと》めて先生に怒られたわ」

「あー……なんかごめん」

「別に恨んでいないわよ。むしろ感謝してる」

桐生は懐かしむようにアルバムの写真を撫でた。

「当時の私は人見知りが激しくて、なかなか友達ができなくて悩んでいたから……」

「今からじゃ想像……つくわ。ごめん、ついた」

「別に今の私は人見知りじゃないわよ。人付き合いの必要を感じないだけ」

などと仰る通り、こいつがクラス内で談笑している姿は見たことがない。雑談よりも授業中に先生に指されて問題を答えている時間の方が長いまである。

せやかて桐生。それは負け惜しみみたいなもんだぞ……などと口にすると睨まれそうだからやめた。

「じゃあ俺とお前は、昔は友達だったんだ」

「そうね……うん、そうだったと思う」

「なんか曖昧だな。何、お前も記憶喪失なの？」

「違うわよ。当時は色々複雑だったから」

すっと、写真の向こうの俺を撫でてそう呟く桐生。複雑……小学生にも色々あるんだな。

「それに、貴方は大樹にとても大事な人だった」

「大樹……桐生の弟くんか」

つい先ほど聞いた名前のため忘れてはいない。多分、これが本題だ。桐生が俺を家に呼んだ理由。

ただ、どんなに余裕ぶっていても、軽口を叩いていても……正直できることなら逃げ出したかった。こんなところまで来なければ良かったとさえ思っていた。

俺はどこかで思っていたんだ。

もしも桐生の話を聞けば、俺は思い出せるかもしれないって。

でも、駄目だ。昔の自分の写真を見たって、かつての友達だったという桐生の話を聞いたって、何も思い出せない。何も浮かんでこない。

桐生鏡花も、彼女の弟である桐生大樹も、そして彼女が語る写真の向こうの椚木鋼も、今の俺にとっては物語の中のキャラクターと変わらない、全くリアリティのない存在にしか思えない。

桐生が勉強机の引き出しから一枚の写真を取り出した。そこには微笑みを浮かべる桐生と一人の笑顔の少年が写っている。桐生が中学生になったくらいのものだろうか。

桐生と一緒に写っている、おそらく彼が大樹くんなのだろうが、彼は写真越しに見てもどこか儚《はかな》げに見えた。

「大樹は生まれつき体が弱くて、学校にもあまり行けてなかったの。それで学校に行ってもなかなか友達ができなくて」

当時、桐生姉弟はそろって同じ悩みを抱いていたらしい。学校という組織は交友関係が全てと言っていい。特に小学生ともなればマイノリティに容赦ないから、虐《いじ》めとか本当に無自覚にやってしまう。

小学校において交友関係をプラスに持っていきやすいステータスは、活発な性格とか足の速さとか腕っぷしの強さなどで、頭が良かったり体が弱いなんていうのは攻撃の対象にされやすいという。

全部、本の受け売りだが、桐生姉弟は後者だったのだろう。

「苦労していたんだな」

「そうでもないわよ」

「そうなのか?」

「貴方がいたからね」

桐生が小さく微笑む。だがどうしてそこで俺が出てくるのかさっぱり分からない。

「弟くんとは学年違うだろ」

「ええ、私たちの一つ下。でも、私と貴方は、その……友達だったから」

「ああ……」

友人の弟であれば顔を合わせる機会も多いというのもおかしい話じゃないな。

「大樹は貴方のことをとても面白いお兄ちゃんだって慕っていたわ。家に帰っても貴方の話ばかりするんだから。おかげで学校に行くのも楽しかったみたい。大樹は体調が安定しなくて、毎日学校に行けるわけじゃなかったけれど、3人仲良く通学路を歩いて……」

「それは……悪い、思い出せなくて」

「そう……」

桐生はそう声のトーンを落として呟く。

「今、大樹がどうなったかは聞かないのね」

「それは……聞いてもいいのか?」

「……3年前、体調が悪化して、そのまま……」

「そっか……」

桐生が「家に誰もいない」と言ったこと、そして弟がいるという話から、推測しつつ、写真を見てほぼ確信していた。しかし、改めて聞くとどうしていいか分からない。

「大樹にとって、貴方との思い出が家族とのもの以外では全てだったのよ。貴方が突然いなくなってから、大樹も殆ど学校に行けなくなってしまったから」

「いなくなった……」

「貴方は、小5の夏休み直前に姿を消した。夏休み中も遊ぼうって大樹と、私と約束をしてそれっきり。転校届けも出さずに家族丸ごと消えたから、一家心中なんて噂もあったのよ」

本当に覚えていないの? という桐生の言葉は俺を責めているようにも感じられた。だが俺もその時のことは覚えていないし、両親の顔さえ思い出せない。首を横に振って答える俺に、桐生は顔を伏せた。

「私、貴方に憧れてた。小学生の頃の貴方は、賑やかで、面白くて、リーダーシップがあって、私や大樹だけじゃない、沢山の人に慕われていた。眩《まぶ》しいくらい……」

「そうだったのか」

「だから、今の貴方は……」

桐生は口にはしなかったが、嫌い、という言葉が胸に刺さった気がした。一切の遠慮も嘘もない、むき出しの感情をぶつけられたからだろうか。ただの敵意ではない、失望と苦しみと悲しみとが綯《な》い交ぜになったような声音がただただ俺を苦しめる。

「入学式で見つけた時、一目で貴方だって分かった。でも貴方は私のこと知らないみたいな反応をして……貴方に、椚木鋼に興味もなにもない視線を向けられるのが辛くて、私は貴方を嫌いになることで自分を守ったのよ」

嫌いになることで自分を守る、か。感情が溢れ出しそうになるのを桐生は必死に堪《こら》えていた。

俺は桐生のこんな無防備な姿を見るのは初めてだった。かつての俺はこんな彼女を知っていたのだろうか。

「1年生の頃、私から話しかけたことがあったの、覚えてる?」

「……ああ」

そのことは鮮明に頭に残っている。何で彼女みたいな美人が俺に? と不審がったものだ。

あれは確か入学してから半年くらいのことだった。その時にはもう俺は快人の親友ポジションを確立していて、桐生が俺に接触してきたのも快人がどこかでフラグを立てていたから、桐生は俺をダシにして近づこうとしているのだと結論づけていた。

それから桐生が事あるごとにつっかかってくるようになったのも同じだと思っていたけれど、それは勝手な勘違いだった。

俺がそう思いたかっただけで、桐生は最初から俺だったんだ。快人は関係なく、ただ単純に俺に……。

「ごめん」

そう言うしかなかった。謝ったところで何も変わらないというのに。

俺は桐生のことも、大樹君のことも何も思い出してはいない。これほどまでに想いをぶつけられても気持ちの悪いくらい実感が湧かない。

桐生から聞く俺の昔話を他人事のように感じている自分がいる。けれどおそらくそれは記憶喪失がどうとかじゃない。桐生も感じ取っているだろう、俺という人間の欠陥がそうさせている。

目の前の桐生に心苦しさを覚えても、過去には向き合えない。ただ、怖いという理由で。

「記憶喪失なんて……どうして忘れてしまったのよ！　大樹は、私たち家族と、貴方の中でしか生きていられなかったのに……ねぇ、お願い、思い出して……。理不尽なのは分かってる、勝手だって思う。けれど、貴方が思い出してくれなかったら……大樹が、大樹が本当に死んじゃう……」

「桐生……」

桐生は泣いていた。だけど、それでも、彼女にかける言葉が見つからない。

俺は彼女の求める椚木鋼じゃない。

その場しのぎの優しい嘘をつけばいいんじゃないかと、そう思っても、言葉は出てこなかった。

桐生は黙ったままの俺を見て、苦しそうに涙を流し続ける。真っ直ぐ見つめてくる彼女を見返すのが気まずくて、俺は黙って顔を逸らした。

「……私、最初嬉しかった。高校に入って、貴方を見つけて……突然いなくなったことは釈然としないし、一言あってもよかったんじゃないかとも思うけれど……でも、貴方は数少ない大樹を知っている私たちにとって大切な人だったから」

桐生はそう言って、最後、感情を押し殺すように冷たく言い放った。

「でも、それは違った……彼は、私たちが大好きだった鋼くんはもういないんだわ……」

俺は逃げるように桐生家を後にした。あの後どういう会話をして帰路に至ったのか、そんなつい先ほどのことも思い出せないくらい、桐生の言葉が頭の中をかき乱している。

桐生はどんな気持ちで、今日まで高校に通っていたんだろう。どういう気持ちで俺を見ていたんだろう。どういう気持ちであのハンバーガーを食べていたんだろう。

どういう気持ちで、俺に弟のことを話したのだろう。


もしも桐生の言う通り彼女に入学式に殴られていたら、もしも1年生の時桐生と同じクラスだったら、今とは違う現在があったのだろうか。などと考えてみるが、きっと何も変わらないだろう。

「どうして忘れてしまったの、か……」

もし記憶を失った理由、話せば桐生は納得するだろうか。いや、

「そうしたら、今度こそ殴られるかもな。作り話で誤魔化すなって」

どんなに言い訳をしても、俺が記憶をなくした、いや、捨てたのは完全に自業自得だ。俺は俺のためだけに記憶を捨てた。それが正しい選択だったときっとかつての、〝桐生が好きだった椚木鋼〟は言うに違いない。

けれど、その選択が桐生を苦しめている。無駄に希望を抱かせ、失望させた。記憶喪失なんて免罪符を掲げて、あたかも俺に過失がないかのようにして、責めることを咎《とが》めさせた。これは俺の過失だが。

桐生には俺を糾弾する権利がある。なのに、もしかしたら桐生は俺に言葉をぶつけたことで、自分を責めてしまっているかもしれない。

「本当に俺は最低なクズ野郎だ」

結局、俺は人を不幸にすることしかできないのかもしれない。

小学生の俺が羨ましいよ。俺が今したいこと、やろうと思ってもできないことを自然にできていたんだもんな。

「なんで、あいつらは、俺なんかを……」

そう、口から弱音が漏れ出した時、ポケットの中のスマホが震えた。俺は蘇ってきた感情から逃げるように電話を取った。誰からの着信かということさえ気にもせず。

頭の中でぐちゃぐちゃと渦巻いていたものを全て無理やり奥底に押し込んで、俺は、俺が理想とする、主人公の親友モブであるバカで、明るくて、小さくて、プライドだけはいっちょ前で、ヘラヘラ笑っているいつもの〝椚木鋼〟に戻ろうと努めながら、言葉を絞り出した。

「もしもし」

それでも、そう簡単に戻れるはずもなく、吐き出した声は自分でも分かるほど固く、重い。

『やっと出ましたね。先輩』

眩暈《めまい》にも似た気持ちの悪い感覚の中で耳に響いたその声は、つい最近知ったばかりの少女のものだった。

「お前、綾瀬……？」

『そうですよ。先輩の可愛い後輩である綾瀬光ちゃんです』

綾瀬はおどけたようにそう言った。しかし、俺がそれにまともな反応を返せずにいると、綾瀬は僅かかな、思考するような沈黙の後、

『先輩、今から会えませんか？』

真剣な声色で、

『デートしましょう。椚木鋼先輩』

そう、言った。

夜のデート

「デート？」

綾瀬光の言葉に思わずそう聞き返していた。俺と彼女はそういう関係だっただろうか、いや、違うはずだ。俺がデートの意味を間違って認識していなければだが。

スマホを耳から離し時間を確認する。時間はちょうど22時を回ったところ……随分と桐生の家にいたものだと思いつつも、やはりとても今からデートをするような時間じゃない。

「良い子は寝た方がいいんじゃないか」

『私、不登校ですよ？　もう悪い子ですから問題ないです。それに明日は土曜日ですから夜更かしくらいいいでしょう』

「お前は引きこもりだろ。引きこもりは大人しく家にいなさい」

ふと、最近見たニュースにＶＲで飲み会みたいなものがあったのを思い出す。綾瀬が提案していたのはこれのことか？

なるほど、確かにこの方法なら引きこもりとの間でもデートが成立するかもしれない。ＶＲデート。ヴァーチャルリアリティデート……なんか駄目そうな響きだ。

『引きこもりと言えば引きこもりですけど……でも夜の方が人が少なくて、変質者に怯《おび》えることもないんじゃないかなーと』

「いやそれ変質者もそう思ってるから。あのおじさんが奇行種だっただけで通常の変態は夜に出没するんだよ」

『通常の変態ってなんですか？』

「確かに変態の時点で通常ではないか……」

変態のゲシュタルト崩壊が始まっている。このまま溶けて消えればいいのに。

「とにかく、夜に出歩くのはやめておけって。日の出てる間なら会ってやるから」

『先輩、話聞いてました？　昼は人が多くて嫌なんですよ。初代変態に出会ったのも昼ですし』

二代目がいるみたいな言い方やめろ。

『それに今の先輩は放ってはおけません』

「どういう意味だよ」

『とにかく、付き合ってください先輩。ああ、これは男女の付き合うではなくデートに付き合うの意味で』

「ややこしいな……」

男女として付き合ってからデートをするのであって、デートって付き合うものなのか？　どちらにしろ受け入れがたいことに変わりはないけど。

『では、今から家を出ますから。場所はそうですね……青葉公園って分かります？　ほら、キリンの上り棒がある』

「ああ……」

キリンの上り棒、それには見覚えがあった。快人の家の近くにある小さな公園だ。何の変哲もない普通の公園だが、キリンの首下から地面に向かって伸びた上り棒が何だかグロテスクに思えた記憶がある。

『ではそこで』

電話越しにドアの開く音、そして隙間から風が吹き込む音が聞こえた。

「おいっ」

『ちなみに、先輩が来るまで待ってますから。本当に変態に襲われちゃうかもしれませんよ？』

クスクスと笑う綾瀬。いや、なんのキャラか知らないけれど声震えてんぞ……。

『来てくださいね。来てくれなきゃ、本当に困りますから、本当に……お願いします。待ってますから』

そう綾瀬は電話を切った。

最後、不安なのは分かるが念押しすぎだろ。だったらデートなんてしようとするなよ。そもそも、こんな夜に会って何するつもりだ？　牛丼屋でも行くつもりか？

「くそ……」

思わずそんな悪態が漏れる。

そういう気分じゃない。そういう気分にはなれない。特に今は。けれど、放っておくわけにもいかず、結局俺は綾瀬が向かったという青葉公園に歩を向けた。

綾瀬の言葉を真に受けたわけじゃない。いつも……と言うほど関わりがあるわけではないけれど、人を揶揄《からか》うような態度や行動を取る奴だ。けれども万が一ということもある……もう一方の万が一も可能性としてはあるにはあるわけで。

初めて来た桐生の家から俺の借りている部屋まで、その道中から綾瀬家の近くにある青葉公園まで、初めて歩く道だったがスマホのＧＰＳという人類の発明を駆使しルート把握は問題なかった。

ただでさえ夜だと住宅街なんてどこも同じに見えて、迷っていなくても迷った気分になるのだ。地図という存在はどんな世界でも重要だとつくづく思う。ただで配ることを思いついた人、善人すぎ……。

「っと、あれか……」

綾瀬ご指定の青葉公園は住宅街のど真ん中に存在していた。狭い公園だが、園内を照らす灯りは中央に設置された古ぼけたガス灯だけで、全体的に暗い。

「綾瀬は……」

薄暗い公園を見渡す。ぱっと見誰もいない……と思ったところで視界の端で何かがごそっと動いた。

「先輩……？」

「綾瀬、どうしてそんなところに」

綾瀬がいたのはなぜかベンチの裏だった。彼女は立ち上がりひょこひょことこちらにやってくると身にまとっているワンピースの裾を軽く払った。

「こんばんは、先輩。どうです、これ?」

「どうって?」

「こ、興奮します?」

「何言ってんの、お前」

女の子がそんなことを言っちゃいけない。ましてや、生徒会に所属し生徒の模範となる立場(現在は残念なことに引きこもり)、かつ男たちの羨望の目を向けられるような美少女ときている。連中の前で見せれば失望……いや、一部の変態だけ引き寄せられる結果になるだろう。

それに、紅潮するくらい恥ずかしいならなおさら言うなよと、僕は思います。

「先輩に対してだけですから安心してください」

「そんな一面俺にだけでも見せるなよ。なんて反応していいか分からないし」

にこにこ笑う綾瀬に対して、実際どう反応していいか分からない俺。

「それで、なんでベンチの裏に隠れてたんだ?」

「お気に入りのワンピースを着てきて、健気な女の子アピールをするという定番のくだりはスルーですか?」

「今ので十分アピールできたよ、やったな。それで、なんで?」

「そんなに気になります?」

不機嫌そうに半目で見てくる綾瀬。

「いや、なるだろ。万が一だったのか、万が一に万が一が掛かった億が一だったのか気になるだろ」

もしかしたら綾瀬が既に変態に出くわし、もう一方の万が一が起こってしまっているかもしれない。こういうのは慣れた頃が危ないんだ。なんだよ、慣れた頃って。

「った、ので……」

「おん？」

「流石《さすが》に、暗闇の中待っているのは怖かったので……」

声を落として、俯《うつむ》いてそう言う綾瀬。

「スマホも、その灯り点いてたら変に目立つかなって思って、暇つぶしとかもできなくて、余計時間が長く感じて……」

そう言う綾瀬の体は少し震えていた。そうだよな、こいつ、引きこもってたんだよな。ほんの2日程度だけれども。

……それは引きこもりと言えるのだろうか。引きこもりって何日間家から出なければ引きこもりなんだ？　2日くらいじゃあただの週末だよなぁ。やっぱり年単位でようやくなんだろうか。奥が深い。

「先輩が来なかったら私……って聞いてます？」

「ん？　ああ、聞いてる。変態が現れなくてよかったなぁ」

「そ、そういうことですけれど、そうじゃなくて……」

と、そこで言葉を切った綾瀬はベンチの方を振り向いた。

「あの、一旦座りませんか？」

「ゆっくりする気はないぞ。お前を快人のところに送って、俺はさっさと寝……」

「寝れますか？　本当に」

思わず体が硬直してしまうような、真剣味を帯びた声。

「電話越しにもしかしてと思って、実際に会って正解でした。先輩、何かありましたよね」

「……何かってなんだよ」

「分かりません。それが分かるほど長くも、深くも付き合っていませんから……残念ながら」

そう言って綾瀬は笑った。電話越しに受ける印象とは異なる、女の子らしい柔和な笑みだ。

「でも、分かるんです。なんとなく。だから、聞かせてください。先輩に何があったのか。何に、つらい思いをされているのか」

なんとまあ彼女は俺の愚痴を聞くたびにわざわざ夜の公園に勇気を振り絞ってやってきたらしい。まだ自身の心の傷も癒えぬ頃だというのに。お節介というか、優しいというか。

「先輩が私を支えてくれる代わりに、私が先輩を支えても何もおかしくないでしょう？」

そう楽しそうに言う綾瀬に自然とため息が漏れた。が、決して悪いため息じゃない。そんな反応が出たことに少し驚いている自分がいる。

綾瀬光は変な奴だ。出会ったばかりだというのに、やけに人懐っこいというか、なんというか。するすると内側に入ってこようとする強《したた》かさがあるし、どこか安心させる。

そんな奇妙な感覚にやはり僅《わず》かに胃のあたりが締め付けられるような感覚を覚えつつ、

「分かったよ」

そう返してベンチに腰を下ろした。どんなに誤魔化そうとしても綾瀬は逃がしてくれないだろうという予感と、彼女の勇気の伴った気遣いを無下《むげ》にすることはできないという、僅かに俺に残された誠意からだ。

綾瀬はそんな俺を見て、少し驚いたように、そして嬉しそうに俺の隣、拳一つ分くらいしか間隔のないくらい近くに座った。

綾瀬は数度深呼吸を行い、真剣な眼差しを向けてくる。だが、ぎゅっと結んだ唇の端がぴくぴくとまるで笑みをこらえるように震えていた。

そんな綾瀬の変な姿に、俺は思わず苦笑しつつ、どこから話したものだろうかと思案する。

いざ話してみようと思っても、そもそも桐生とのことはおいそれと人に話せる内容ではない。間違っても桐生の亡くなった弟さんのことなんて言ってはならないことだ。

「先輩、話しづらいことですか？」

ベンチに座ったものの口を開かない俺に、綾瀬は優しく問いかけてきた。

「先輩がそれほどに気を詰めることですもんね。大丈夫です、話しやすいことから一つずつで……ゆっくり、時間はありますから」

「……そうだな」

時間があるというわけではないし、むしろもうすぐ補導される時間になると思うと意外と猶予はないが、ゆっくりという綾瀬の言葉はありがたかった。

桐生のこと、桐生の弟さんのことは、いつか向き合わなければいけないことであるのは確かだ。そして、きっといつかは知ることになっていたのだろう。それが偶々《たまたま》今日だったというだけだ。だから、ゆっくりとでも、少しずつでも進まなくちゃいけない。

「結構いきなりなこと言っていい？」

「はい」

「俺さ、記憶喪失なんだ」

「……え？」

「実は5年より前の記憶がなくて」

「ええっ!?」

「だけど、その忘れた期間の知り合いが現れて困ったなーみたいな感じだ。以上」

「先輩ストップ！　ストップです！」

慌てて止めてくる綾瀬。けれどよ、綾瀬、俺はもう止まってるからよぉ……。

「ゆっくりでいいって言いましたよね!?」

「いや、ゆっくりだったろ。我ながらゆっくり喋ったろ」

「速度でなく段階の話です！」

綾瀬は何故かパニックになっていた。

「正直記憶喪失というのが大きすぎて呑み込めていないですし、そこから経緯全部すっ飛ばすから大変さが伝わりません！」

「綾瀬って作文の先生か何か？」

「違いますけどそれで納得されるならそれでいいです！」

何故かキレる綾瀬。こんなだから最近の若い子はキレやすいってジジババにキレられるんだよね。

「とにかく、もう一度、詳しく、最初から！」

「記憶喪失俺、自称知り合いが現れてどうしよう」

「さっきより酷くなってる!?」

「だって言っても仕方ないことだし」

プライバシー保護を考えると事実の中でもその上澄みだけ掬《すく》うのがベストなんだ。これ以上深掘れば全てを言うことになる気もするし。

「……まぁ、いいです」

信頼されていないと感じ取ったのか、少し不機嫌になる綾瀬。いいですと口では言っているが拗《す》ねたように口を尖らせている。

「しかし、記憶喪失ってどうしてそうなったんですか？」

「そもそもだけど、信じるのか？」

「信じますよ、先輩の言うことですから」

やだ、この子純粋すぎ。誰かにコロっと騙されないか心配だな。

「記憶喪失の方には初めてお会いしましたが、やはり何か大きな事故とか……？」

「脳みそに直接スタンガンでも叩き込めば一発だろ」

「それは嘘ですよね流石に」

「それはさておき、今問題なのは原因じゃないんだ。俺が記憶喪失になったことでそいつを傷つけちまったわけで、どうすりゃいいのかなっていう……」

「先輩、優しいんですね」

嬉しそうに目を細める綾瀬に、俺は思わず顔を歪めた。

「どこがだよ」

「だって、記憶がないなんて先輩にとっても凄く大事なのに、そのかつての知り合いの方を心配されているんですから」

確かにそういう切り取り方をすればいい奴感は出るかもしれないけれど。

「そもそも、加害者は俺だ。あいつは一方的に忘れられただけで」

「先輩は意図して記憶をなくされたんですか？」

「さぁ……忘れたのは俺じゃなくて、かつての俺だからな」

嘘ではない。俺が〝今の俺〟になった時には記憶は失われていたわけだし。もちろん、その経緯は伝えられたけれど。

「ちなみに、そのかつての知り合いというのはどのような方ですか？」

「クラスメート、かな」

「では週明けには顔を合わせてしまうわけですね」

「そうなんだよなぁ……」

不登校に学校でのことを心配される俺。

ただ、その時までに対応について答えを出さなければ、俺は親友モブである椚木鋼というポジションではいられなくなってしまうかもしれない。モブキャラは悩みを引きずってはいけないんだ。


「ちなみに、記憶を失う前はどういった間柄だったんですか？」

「何も思い出せてはいないけど、小学校の友達だったらしい」

「友達、ですか」

「あいつが言うには俺たちは他県の同じ学校に通っていたらしい。あいつは親の転勤でこっちに来て、俺はたまたまこっちに引っ越してきて偶然再会したみたいな」

「なるほど。……ちなみに」

こいつ、さっきからちなみすぎじゃない？　綾瀬ちなみちゃん？　などと思って改めて目を向けると、綾瀬はどこか暗い感情の灯った瞳を向けてきていた。

怖い。これがホラー映画だったら低めの音で煽《あお》って煽って、そして無音……くらいの怖さだ。

「相手の性別は？」

……え？　それだけ？　それだけの質問にそれほどの覇気というか妖気出す必要あるのか？

「お、女の子ですが」

「へぇ……」

底冷えするような声。綾瀬から出た声だと一瞬分からなかった。

「ちなみに可愛い方で？」

「可愛い、とは違うような……」

「つまり美人と。ギルティですね」

「なんでっ⁉」

色々と何で⁉

「全く、私からの電話は無視して女の人とイチャイチャしていたとはこれは説教が必要ですね」

「いや本当に色々と何でだよ！　お前と俺って付き合ってるわけじゃないだろ⁉」

「付き合ってますよ、８年ほど」

「い、いや、嘘だろ……？」

「もちろん嘘です」

「だよね！！！！！！！！」

いや、本当に記憶喪失期間の話は何があってもおかしくないから笑えない冗談はＮＧ。桐生のことだって寝耳に水だったし、もう何も信じられない。

「本当に記憶喪失なんですね」

俺の反応を見てそう納得したように頷く綾瀬。

「まさか試したのか？」

「なんとなく思っただけです」

じゃあさっきの殺気は何!?

「記憶喪失と言われてしまうと詳しい内情には踏み込みづらいですが、一つ言えるとすれば」

こほん、と咳払いを挟み、綾瀬はベンチから立ち上がり、わざわざ俺の正面に来て真っ直ぐ目を覗き込んできた。

「らしくないですよ先輩」

「らしくない？」

「私に変態おじさんの話をした時の先輩はもっとデリカシーなくガンガン来ましたよ。細かいこと気にして暗い顔するなんてキャラじゃないですよね？　相手を傷つけたって落ち込んでいるなんて、それだったら傷物にされた私はどうなるっていうんですか」

「物騒なこと言うな！」

いちいち表現が何だかぶっ飛んでるな、この子は！

「もしかしたら、その人にとっての先輩は今の先輩じゃないのかもしれません。でも、5年より前なんて言ったら先輩は小学生ですよね？　成長して小学生のままだったら気持ち悪いじゃないですか。頭脳は子供、体は大人ですよ？　おしゃぶりしゃぶってるんですよ？」

「しゃぶってねーよ！」

記憶はないけれど、「おしゃぶりしゃぶっていたかも……」とは流石にならない。小学生はおしゃぶりをしゃぶらない！

そんな冗談を言いながらも綾瀬は真っ直ぐ俺を見ていた。とても揶揄《からか》っているようには思えない真剣な、少し緊張をしているような面持ちで。

「だから、その人に言ってやればいいんです。今の椚木鋼はこの俺だって」

「今の俺……」

「その幼馴染の美人さんには少し悪いかもしれませんけど、私にとっては先輩が先輩らしく生きてくれる方が大事です」

綾瀬はそう言ってニッコリ微笑む。

「それがどんな結果になっても、私は先輩を受け入れます」

ああ、やっぱり似ている。と思うのは綾瀬に失礼だろうが、この子はやっぱりあの子に似ている。

どこか落ち着きがなく、コロコロと表情を変え、それでもいざという時は真っ直ぐぶつかってきて、俺の心の壁を無理やりぶっ壊してしまう。

彼女の言うことに従いたくなる。身を委ねたくなる。甘えたくなってしまう。

「分かった」

自然と口からそう出ていた。

「正解なんて分からないからな。俺らしく当たって砕けてみるよ」

「はい、もしもつらい結果になったら来てください。私が精一杯慰めてあげますから」

綾瀬はそう言って笑う。俺に優しいなんて言った彼女だが、自分もそれどころじゃないのに気遣ってくれた彼女の方が優しい……いや、お人好しというべきか。この暗闇の中、未だ癒えない

傷の痛みを押し殺して駆け付けてくれたヒロインにせめてもの感謝を伝えたくて、

「ありがとう、綾瀬」

そう短く、けれども心からお礼を伝えた。

「っ……はい!!」

きっと自然に笑えていた。俺に向けられた綾瀬の心からの笑顔を見てそう確信できた。

よし、待ってろよ桐生。週明けなんて言わない。

俺はお前の言う椚木鋼に向き合うぞ。だから、お前には悪いけど、しっかりと向き合ってもらう。お前の嫌いな今の俺に！

「くちゅっ！」

意気揚々と脳内で桐生に対する宣戦布告をしていると、綾瀬が可愛らしいくしゃみを漏らした。

カーッと一気に顔を赤くする綾瀬。

「まあ、夏でも夜は冷えるよな」

「す、すみません」

「送るよ。流石に快人にバレたらなんて言われるか分からないけど」

「兄にはうまいこと誤魔化します」

なんとも頼もしい言葉に苦笑しつつ、彼女の家に向かい歩き出した。街灯が照らすだけの夜道を綾瀬と並んで歩く。

道中、会話はなかった。綾瀬も黙っていたし、俺も彼女がそうなら異論はない。今の俺はどこ

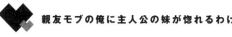

にでもいるモブキャラだ。たまたま彼女の兄と親友というだけで、彼女のようなヒロインレベルの子と話すのは不相応というには変わりはない。

仮に綾瀬が俺をどう思っていても、俺達がそうなることはあってはいけないんだ。

「それでは先輩、おやすみなさい」

結局ろくに会話もないまま、綾瀬はそう言い残し、返事も待たずに家に入っていた。直後、家の中から快人の大きな声が聞こえたが、大方、突然出て行った妹を心配で待っていたという感じだろう。綾瀬妹は綾瀬兄を好きじゃないと言っていたが、やはり快人はシスコン。愛されているようで安心した。

けれど、

——光ちゃん、実は最近周りから孤立しているですよ……。

昨日、生徒指導室でゆうたが語った綾瀬の抱える問題について思い出す。その直接の原因をゆうたは語らなかったが、高校生がハブられる理由はそう多くない。

生徒会に1年生ながらに所属する美少女、綾瀬光。1年で生徒会に入るには新入生代表になることが条件。それには入試で一番の成績を修めることが求められる。俺らの代の新入生代表であった桐生は辞退したそうで、同期の1年生生徒会員はいなかったので実感はないが、生徒会に入った綾瀬は周囲からも一目置かれる特別な存在であることは間違いない。

そんな彼女がハブられる理由はおそらく嫉妬だろう。あくまで推測だが、もしそれが本当なら、綾瀬が学校に行きたくない理由は一つだけではないのかもしれない。

まぁ、そんなことを今この場で考えても仕方がない。今は目の前の問題解決が先だ。


俺がやってきたのは、つい数時間前に後にしたばかりの桐生の家だった。スマホの時計では現在時刻は既に天辺を越えていて、おそらく親御さんもうご帰宅されていることだろう。

が、ここでインターフォンを押すような愚策は取らない。というかこんな時間にインターフォン鳴らしても、ただただ迷惑なだけだ。

というわけで、俺は桐生の家の近くにある電柱の陰に身を隠すように座り込み、道中コンビニで購入したアンパンと牛乳を取り出す。

「張り込みといったらやっぱりこれだぜ」

ちなみにあんこはあまり好きではない。それにこんな深夜にこんなカロリーの高いものを食べたら体に悪い。というわけでアンパンは雰囲気だけのもので、本命はこれだ。ワンツースリー。

「週刊奨励シャンプー！」

コイツこそが今夜の相棒である、今週のシャンプーをお勧めしてくれるという雑誌だ。初見だが無性に気になったのだから仕方がない。ちなみにこちら税込み280円である。やっすぅい。

値段の割になかなか厚みがあってお腹に仕込めばドスで刺されても守ってくれそうな強固さがある、実用性も兼ね備えた逸品だ。

さて、中身はどうだろう。ぺらり……めくると中にはこれでもかというくらいのシャンプーが、あたかもカタログのように並んでいて、それぞれ結構な文量でレビューされていた。

ふんふん、シャンプーランキング300ねぇ。へぇ、シャンプーってこんなにあるもんなんだな。「デキる男はその日の予定でシャンプーを選べ！」ってなるほど、良い男はシャンプー選びから気を遣うのか。

って、いやいや、これ週刊だよな？　毎週出してんだよな!?　こんなの週一ペースで作れるもんなのかよ、やっぱり編集者って高学歴のエリート揃いなんだぁ……。

と、こう並べるとアホくさいが、これはこれで面白い。カルチャーショックというやつだ。アハ体験である。シャンプーの生まれた歴史とか豆知識も随所に書かれており、連載物だと思われる工場、土木、工事をテーマにした土方系バトル漫画も読みごたえがあり普通に続きが気になる程度には面白い。ただ、うん。シャンプー関係ないね、これ。

なんとなく目についたから買ったが結果暇つぶしには最適だった。最近の子供はこういうのを読んで大人になっていくのかな。とりあえずシャンプーが買いたくて仕方がない。いいものだと海外からの取り寄せにもなるというワールドワイドな奥の深い世界らしい。

ねぇ知ってる？　シャンプーってお酢と重曹で自宅でも簡単に作れるんだぜ。自作シャンプーは若者向けファンタジー小説などで、異世界転生した現代人が知恵を使って文明開化系チートによく使われるのだとか。でも普通シャンプーの作り方とか知らないよね。どういう経緯で知ることになるんだろうね、教えて異世界転生マン！

ちなみに、奨励シャンプーにはそれについて「つど、作者がインターネットで調べているんだよ♪」と書いてあった。身も蓋もねぇなオイ！「もしも俺が異世界召喚されたらシャンプー革命起こして戦争なんて止めてやるのに」という編集長のコメントが痛々しいです。

……うん、たまにはこういう異文化コミュニケーションも悪くない。雑学・コラムも読みごたえがあって、むしろ来週どういった切り口で来るのか楽しみになるほどだ。多分買わないけれど。

はい、読了！

『週刊奨励シャンプー』を読み終えると、途端に虚脱感に襲われた。

人間、午前0時を越えると月からマイクロウェーブが来てアドレナリンがアレしてハイになるという論文があるとか、ないとか。多分俺もそんな「深夜テンション」と呼ばれる突発性の病にかかっていたのだろう。つい先ほどまでは、「だんだん楽しくなってきたぜヘイヘイヘイ！　ピッチャービビってる!!」といった感じにはハイテンションだったのだが、残念ながらこの状態はシンデレラにかけられた魔法のごとく時限性となっており、夜明けが近づくにつれて解けていくのである。

後に残るのはガラスの靴ではなく寝不足による疲労感と虚脱感で、深夜テンションを常習すれば寝たくても寝られない睡眠障害になる恐れもあるとか……。人の体ってもっと便利になんないのかなぁ。

次第にぼやぼやしてくる脳に鞭を打ちつつ、『シャンプー』を3回ほど誤字脱字チェックもかねて読んでいると、遠くから電車の走る音が聞こえてきた。見れば、薄《う》っすらと空が明るくなり始めてきた。ようやく朝。ありがとう太陽。ありがとうシャンプー。

『週刊奨励シャンプー』をコンビニ袋に突っ込み、それを通学鞄に突っ込んで……すっかり冷えたハンバーガーを発見した。すっかり忘れてた。まぁいいや。あとで食おう。

それよりも本命だ。朝にはなったが桐生家に動きは見えない。今日は土曜日だし両親も仕事は休みでもしかしたら昼まで寝てるかも。もしかしたら桐生も？　やべ、……その考えはまったくなかった。

いまさらになって作戦ミスを悟り始めたその時、まだ朝焼けが広がってきた程度の時間だったが、桐生家のドアが開いた。

出てきたのは、長い黒髪の映える目が覚めるような美少女、桐生鏡花だ。その清楚な雰囲気には似合わない全身ジャージ姿の彼女は玄関口で髪を後ろで一つに束ねると軽い準備運動を始めた。もしや日課のランニング的な感じだろうか。

こいつ優等生感出しながら体力づくりにも余念がないとか向上心の化け物かよ。お前みたいなキャラは理論武装して頭でっかちで、運動は苦手、もしくは運動は得意でも体力はないみたいなのが定番萌えポイントみたいなあれだろ！　自ら欠点を潰すと人気出ないぞ！

だが、好都合だ。俺は眠気を訴える頭に鞭を打ち桐生の前に躍り出た。目が覚めるような?美少女見て目が覚めるならコーヒーはいらないでしょうが!

「桐生!」

「きゃっ!? ……椚木くん?」

「付き合ってくれ!」

「……は?」

あ、やりましたね、これは。人殺しの目をしてるよ桐生さん。

これは、眠気のあまり本来伝えたい全文から随所で端折《はしょ》って言った結果、意味も変わってしまうというアレである。これじゃあまるで愛の告白じゃないか! 的な。

このままでは週明け桐生と気まずくなるどころか、「ちょっとぉーあたしぃ椚木に告られたんだけどぉー」「えっ、ちょっ、マジ? 鏡花ちゃん可哀想~」「椚木謝んなよ、鏡花ちゃん泣いてんじゃん」「賠償金払えよ、そして死ねギャハハハ」みたいな言葉の暴力を浴びに浴びること間違いなし。バッドエンドもいいところだ。

「ああいや、違うんだよ! 付き合うって男女の仲的なあれじゃなくて、ちょっくらある場所に連れて行ってほしい的なあれで!」

「ある場所?」

「……お前と、記憶を失う前の俺が住んでた町」

桐生が驚いたように目を見開いた。

「行ってみれば何か思い出すかもしれないだろ。何でもいいから試してみるべきだと思ってさ」

「……そう。いいわ。付き合ってあげる」

桐生は少し顎に手を当てて思考した後、そう頷いた。

「いいのか？」

「ただ……」

桐生は俺の全身をまじまじと見ながら、鋭い視線をぶつけてきた。

「その服、あれから帰っていないのね？」

「え、ああうんそうだね」

俺は昨日の姿のまま、つまり制服姿だ。もちろん風呂なんて入っていないし、当然下着だって替えてない。

「じゃあ帰ってシャワー浴びて服を着替えてきなさい。不潔な人って苦手なの」

厳しい……が、もっともである。

「分かった。じゃあ、あとで駅前集合とかで」

「……ごめんなさい、気を遣わせて」

「いやぁ、俺もベタベタして気持ち悪いし、シャワー浴びたいって思ってたところだから。夏ってジメジメして嫌だねぇ」

「そっちじゃないわ」

そっちじゃなかった。

「わざわざ、誘うために外で待っていてくれたんでしょう？」

呆れた様子ながらに、微笑む桐生。

よくよく考えたら深夜家の前で張り込んでいるってストーカーみたいでヤバいなぁ。通報されなくてよかったといまさらながら思った。

「不器用、なのね」

しかし、内心冷や汗を流す俺に対して、桐生はどこか懐かしげに呟いた。それが何だか気まずいというか、気恥ずかしいというかで、俺は誤魔化すように笑みを浮かべた。

「別に、俺がやりたいって思っただけだ。まあ連絡先知ってれば簡単だったんだろうけど。お前何度聞いても教えてくれないし」

「そうね、じゃあ交換する？」

桐生はそう言うとポケットからスマホを取り出した。

「へ？　そんなあっさり？」

「冗談というか揶揄うみたいに聞かれたら誰だって渡したくないでしょう？　悪用されたら困るもの」

「さいですか……」

「でも、今の貴方なら、いいわ」

スマホを操作しながら、何気なしにそう言う桐生。俺じゃなかったらドキッとして失神してたかも……と思うくらいには艶を感じさせる声色だった。

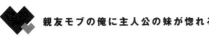

「……今後、連絡取る必要あるか分かんないぞ」

「多分必要になるわ、わりとすぐ」

「そうなのか……？」

よく分からなかったが、とりあえず桐生と連絡先を交換した。快人も持っていなかったはずだし、もしかしたら桐生の連絡先を手に入れたクラスで最初の人間かもしれない。わりとガチで。

「じゃあ、10時に駅前でいいか？」

「ええ」

そんな軽い口約束を残し、俺は一旦自宅に帰ることになった。意外にもあっさりと事は運んだ。果たしてこの選択が吉と出るか凶と出るか……ただ、やらないままよりはずっと納得できるだろう。

おかげで、家まで向かう足取りは随分と軽やかになっていた。

記憶を探して

「っせーなぁ……」

ブーブーと振動するスマホのバイブ音で目を覚ます。気持ち良く眠っていたというのに邪魔しやがって……。

俺は普段から寝起きが悪いというわけではないのだが、しっかりと3時間単位の睡眠を取らなければ気持ちが悪いというのは誰しも思うことだろう。

どうやら着信のようで、延々と鳴り響くスマホをぼやぼやとする頭のまま耳に付けた。

「もしもし……」

『やっと出た。もう駅に着いているのだけれど、どこにいるのかしら』

ん？　桐生？　どうして桐生が電話を……ああ、そういえば番号交換したんだっけ。

あれ、何か忘れて……あ。

やっべえええええええええええええ!!

寝てた！　なんか普通に寝てた！

なんと、桐生と出掛ける約束を取り付けた後、自宅でシャワーを浴びた俺はどういうわけかそのままベッドにダイブしてしまっていたのだ！　狭い一人暮らしの部屋は浴室の外数歩のところにベッドがあるからいけねぇんだ。

睡魔に襲われ眠って数時間……もうすっかり約束の時間になっていた。

「き、キリュウサン……」

『何よ』

「言いづらいんですが、し、しばしお待ちいただけると……」

『……』

無言。絶句。言葉は発していなくても不機嫌になったのははっきりと伝わってくる。

『家、どこ？』

「ひえっ!?」

『行くから、さっさと準備すませなさい』

「ちょ、待てって！　すぐ行く！　すぐ行きますから！」

『じゃあ10分』

「イエスマム！」

そこからは秒だ。ささっと私服に着替え、水で雑に寝ぐせだけをさっさと倒し、財布とスマホと鍵だけ持って家から飛び出す。さらには駅まで徒歩10分程度の道を走ることで5分に縮め、なんとか駅前に辿り着いたのである。約20分の遅刻であった。

休みということもあり駅前はそれなりの人混みだ。俺は心拍数の上がった心臓を深呼吸で整えながら、辺りを見渡し桐生を探す。どこを見ても人、人、人……こりゃあ骨が折れっぞ！

と思うまでもなく、あっさりと桐生は見つかった。

何故なら彼女はその美少女っぷりから、周囲の視線を集めていたからだ。はっきりとという感じではないが、ちらちらと視線を向けられている。美少女って便利だぁ……。

さて、そんな注目を集める大きなお胸の美少女、桐生鏡花さんはベンチに腰を掛け、文庫本を読んでいた。度々傍らに置いたスマホが気になるようで視線を向けていて落ち着きのなさを感じさせるが、それでもこの景色を写真で撮れば写真コンクールでも上位を狙えるかもしれない。いや、ここはエッチな親友モブらしく、ブロマイド化して体育倉庫などで同士達に販売するべきか？

「って、そんなこと考えている場合じゃない。きりゅ……っと、待てよ」

声をかけようとし、踏みとどまる。

桐生は真面目だ。間違いなく遅刻してきた俺を断罪しようとするだろう。不用意に姿を見せれば準備のできていない桐生はいきなり暴力を飛ばしてくることさえあり得る（ちな合気道有段者）。

とりあえずここは、「駅前に着いたんだけどどこにいる？」的なアクションでワンクッションを置き、電話越しにある程度サティスファクションを促し、リアクションを確認してから正しいソリューションを見定めるというミッションで行こう。うん、それがいい。大事なのはパッション！

革新的な発想に辿り着いた俺は桐生に電話をかける。

「っ!?」

桐生は突然音を出した玩具に反応する猫みたいに、ビクッと肩を跳ねさせ、おずおずとスマホを見る。こいつ、スマホが鳴ることも珍しいのか？

画面を見ると一瞬、僅《わず》かに頬を緩めたが、何度か咳払いをし、不機嫌そうな表情に変えてから電話に出た。

『もしもし？』

怒っていますよ、と言いたげなトゲトゲした声だった。

「桐生、ごめん！　今駅前に着いたんだけど、その、なんか欲しいものとかあるか？　買ってくよ、当然俺の奢《おご》りで」

かくいう俺も、心底反省していますと言いたいような声を出す。実際反省はしている。後悔もしている。とりあえずコンビニに寄ってドリンクとか、プラス昼飯くらいは喜んで奢らせてもらいたい、あわよくば許してもらいたいという正直な気持ちだ。

『広場の時計台前のベンチにいるわ。すぐに来なさい』

桐生は俺の掛けたモーションをガン無視してさっさと来いと要求してきた。まぁ、そうですよね。

そんな一瞬とも言える短いやり取りの後、桐生は電話を切ると文庫本に栞《しおり》を挟んで鞄《かばん》にしまい、小さくため息を吐いた。それを見届け、俺は桐生の前に駆け足で向かう。もちろん息切れしているっぽいオプションは忘れない。

「桐生っ！　ごめん！」

そして深々と、主観90度まで腰を折ったお辞儀をする。多分実際は45度とかそれくらいなんだろうけど、気持ち的には１８０度行ってもいいくらいだ。

「合計30分遅刻ね」

「え、まだ10時20分ですが……」

「10分前行動は基本よ」

そんなの聞いてない！

「すみません……」

が、深々と謝る俺。決して桐生が怖いわけじゃない。桐生の理論でいくと30分は彼女を待たせていたのは間違いないからだ。決して理不尽だなんて思っていない。決して……。

「まぁ、いいわ。もしかしたら逃げ出したとも思っていたし」

「言い出しっぺは俺だぞ。逃げたりなんか」

「冗談よ」

そう微笑む桐生。同じ微笑みでも綾瀬とは違うクールな格好良さがある。

「さぁ、行きましょうか」

桐生はそう言って立ち上がる。態度からももう遅刻は気にしていないようだ。これも桐生の中で俺への評価が低いからこそだろう。冗談と言いつつ、遅刻は当たり前、すっぽかしもあり得るなんて思われていたかもしれない。悲しいね。

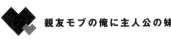

と、ここで桐生の私服を見るのは初めてだと気が付いた。そうだ、こういう時は女性の服を褒めてご機嫌を取るというのが定石。これから一日かそれくらい一緒に過ごすわけだし関係は少しはプラスにしておくに越したことはない。

うん……似合ってる（小学生並みの感想）。清楚な感じというあれだろうか。ただ、なんと表現したらいいのか。如何《いかん》せん俺はファッションとやらに疎い。今俺が着ている服も、服屋でマネキンが着ているものを適当に3セット買っただけで拘《こだわ》りはないし、服の種類は当然、スタイルとかモードとかトレンドとか本当に分からん。そもそも日本語なの？

それこそ衣服は耐久性や動きやすさ、付加効果ばかりを気にしてきた俺だ。社交辞令として服を褒めようとも何と言えばいいのか……。

「桐生」

「何？」

「お前の服……なんかシックな感じだな！」

どうだ!? この世のファッションは大体シックかカジュアルかで二分できる、と何かに書いてあったような、書いてなかったような。

桐生の服は多分シックだ。シックは多分クラシックのシックだ。カジュアルってよりはシックだろう。多分。

「……」

だが、俺の思惑からは外れて、桐生は残念なものを見るような目を向けてきていた。

「……他に言い方はないのかしら？」

「これが精一杯だ。俺はつい最近までポロシャツとネルシャツの違いも分からなかった男だぞ！」

「どうして威張るのかしら」

頭痛を抑えるようにこめかみに手を当てる桐生。

「じゃあお前ネルシャツの意味分かんの？　寝るときに着る服じゃないんだぞ」

「フランネルを使ったシャツのことよ」

「……ハイ、ソーデスネ」

あっさり答えられ肩を落とす俺と勝ち誇ったように口角を上げる桐生。答えられなかったからなんだってんだ。人間フランネルが分かるか分からないかで価値が決まるわけじゃないやい。

「そんな調子じゃ、これも分からないということかしら」

桐生は手のひらでスカートの表面を撫でる。

いやいや流石《さすが》に分かるよ。馬鹿にしちゃってぇ。

「スカートだろ」

「厳密にはサロペットスカートよ」

「猿ペット？」

「口に出す前に聞き間違いとわかるでしょうに」

はぁ、と大きなため息を吐かれた。なんかごめん。

「……いいわよ別に。どうせ持ってる中から適当に選んだ服だし、どうだって」

「あっ、桐生」

「何よ」

「そのスカート、タグ付いたままだぞ」

「そ、そういうのは早く言いなさい！」

顔を赤くする桐生さんは新鮮でした、まる。などと思っている余裕もなく、俺は桐生様に命令されるまま、駆け足でコンビニにハサミを買いに行くのだった。


タグの切除を無事終えた後、俺と桐生は並んで電車に揺られていた。俺はスマホを弄《いじ》り、桐生は先ほどと同じ文庫本を読んでいる。ちらりと覗き見たが、桐生が呼んでいるのは所謂《いわゆる》純文学というやつだった。どうやら彼女は文学少女属性も持っているらしい。うん、この属性は桐生のキャラにマッチしていていい。そういうアピール増やそうぜ！

桐生と俺が通っていた小学校は、現在暮らす「明桜町《めいおうちょう》」から電車で乗り換え1回計2時間ほどの、「朱染《しゅせん》」という町にあるらしい。勢いで提案してしまってアレだが、あまり遠く離れていなくてよかった。

片道2時間は遠いけれど日帰りできるのだからそう考えれば十分だ。これが新幹線必須、はたまた飛行機必須、しまいには孤島に存在するためチャーター便必須なんてことになっていたら、その時点でこの記憶を取り戻す旅を諦めていた自信があるね。

「いまさらだけど、悪いな。付き合わせちまって」

「別にいいわよ。私が決めたことでもあるし」

桐生は文庫本から目を離さずそう返してくる。そんな短い会話の後、俺もスマホに目を戻す。

実際問題、隣に座っている時ってあまり相手のこと見れないよね。首痛くなっちゃうし。

「まさかこんな形であの町に戻るなんて」

「何か禍根でもあるのか？」

「……ないわよ。小説でもあるまいし」

うーん、いちいちインテリ感のある返しをする奴だ。

「ただ、記憶喪失の貴方と一緒に帰ることになるなんてと思っただけよ」

「確かに……でもそう考えるとまるで小説みたいな展開じゃないか？」

「確かにそうね」

記憶喪失なんて滅多にいないしな。少なくとも俺以外で記憶喪失の奴を見たことがない。それに俺にとっては桐生とこうして穏やかに会話をすることも十分にフィクションみたいな話だ。

こう、ワンシーンを切り出すとどうにも青春小説っぽくなる。幼馴染の美少女と記憶を探す旅に出る……なんてどこかにありそうな話だ。そうなると俺が主人公になってしまうのが癪《しゃく》だが、こればっかりは仕方がない。あくまで今回はスピンオフ。1章完結の物語だと思えば読者も飼い犬に手を噛まれた程度に感じてくれるだろう。

ただ、このスピンオフのヒロインが桐生なのかと言えばそれは違うと思う。脇役のヒロインなんてところで大人しくするようなスペックではないし、何より俺たちの間にそんな甘酸っぱい関係ができることがどうにも想像つかない。それは俺のせいでもあるし、桐生のおかげでもあると思う。

再び沈黙が流れる。俺と桐生の間に和気あいあいとした会話が生まれるなんてことはなく、俺はニュースサイトをぼーっと流し見しながら自分の世界に引きこもっている。桐生についても前述したとおり、やっていることは殆ど同じだ。

先ほどの会話も、言ってしまえばただの時間つぶし程度の役割しかない。これがもしも本当に小説の世界であれば、数行の情景描写を挟んでページをめくれば目的地に着いていることだろう。密度で言ってしまえばその程度の時間だ。

だが、現実はそうはいかない。

こうしていても、無言の気まずさ、今から行く場所への興味、不安、希望、後悔……色々な感情が襲ってくる。俺にとって、約2時間ほどの電車の旅路はあまりに長く感じられた。

❤
❤
❤

「ここが朱染」

あまりにありきたりではあるが、俺はそう呟いていた。やっと着いた、と言わなかったのはファインプレーだろう。多分かつて慣れ親しんだ場所。けれども今の俺にはやはり見覚えがない……俺たちが住んでいる明桜町の町並みとの違いさえ分からない。どこの駅前もよく見慣れたチェーン店が散見されて、個性を探すのも一苦労である。

「やっと着いたわね」

「おい、俺の喉奥に引っ込めた言葉をあっさり言うなよ」

「それで、なにか思い出した？」

「雑か!? 残念ながら特に何も思い出せねぇよ」

「でしょうね」

「でしょうね？」

「私もここを離れてしばらく経つけれど、随分町並みが変わっているから」

桐生曰《いわ》く、ここ朱染は長いこと再開発やらなんやらで駅周りの工事を行っていたらしい。桐生と、そしてかつての俺は工事現場のようにフェンスで囲まれた駅の姿しか知らなかったようだ。

「とりあえず飯でも食うか？」

「……そうね」

「遅刻したしここは俺が奢るよ」

「ありがとう。じゃあ私はあのパスタ屋に入るから貴方はそこ以外にしてね」

「何でわざわざ別の店に!?」

「冗談よ」

冗談言うなら、それっぽい表情して言ってくれませんかね！　本気だと思うでしょ！　今だってなんか不機嫌っぽいし！

そんなこんなで桐生ご所望のパスタ屋で昼食をとり、市内散策へと繰り出した。とはいえ別に観光地でもなんでもない町だ。俺たちの住む街と殆ど変わりがなく、家、家、家といった普通の景色が広がっている。

早く目的地に着かないかな〜。

「懐かしいわね……」

「へ、そうなの？」

まさかの思い出スポットだった!?

「ここ、通学路だったのよ。３人でよく歩いたわ」

しかも結構深めのやつだった！

全然見分けがつかないけど、そうなんだなぁ。うーん、奇跡的に何か思い出したりしないものだろうか。

行きの電車で読んだコラムに書いてあったのだが、脳みそには知識を蓄える枠と思い出を蓄える枠があるらしい。テレビ番組で例えると報道番組とバラエティみたいな関係だ、多分。いや、違うか。

これは仮定だが、ここで過ごした思い出が消え去っていてもものとして残っていれば何か手掛かり程度のものは思い出せるかもしれないということだ。うおお、燃えろ俺の中のジャーナリズム！

「どう、何か思い出した？」

「残念ながらさっぱり」

駄目でした。やっぱり見分けがつかず、摑みかかる隙もない。ローションまみれのボルダリングくらいない。こんなんじゃオシャレリーダーから見向きもされないぜ。

「じゃあ次ね」

「随分あっさりしてるのな」

「無理なら無理でどうしようもないでしょう？　私だって記憶喪失の人の記憶を呼び起こすなんて経験はないのだし」

こちらに顔を見せず、先を歩きながら桐生は言う。最初から大した期待していないとも感じられる落ち着いた事務的な声色がなんだか辛かった。

それからも休むことなく、桐生にこの町を案内されるが、何を見ても一切俺の中の記憶は呼び起こされては来なかった。実は桐生の思っている椚木鋼と俺が全く別人でしたと言える方が救いがあると思えるくらいに。……そりゃあ俺だって失い方が失い方だ。簡単に思い出せるわけがないとは分かっていたが。

そんなこんなで時間ばかりが過ぎ、記憶探しの朱染ツアーは残すところ俺たちの通っていた小学校と、俺たちが住んでいた家の周辺を残すだけとなった。メインディッシュは最後にとっておく……というわけではないと思う。もしかしたら桐生自身が俺と、そして弟の大樹とのことを思い出すのがつらく、避けていたのかもしれない。ここは俺だけじゃない、桐生にとっても思い出のある場所だから。

「昨日はごめんなさい」

突然立ち止まり、桐生はそう謝った。

「いきなり何だよ」

「記憶喪失……一番辛いのは貴方なのに、好き勝手怒鳴りつけて」

そう真剣に言う。その張り詰めた空気が嫌で、俺はどうにかこうにか明るく努める。

「いや、別にそんな真剣に謝ることじゃないから。忘れてたのは事実だし、それに俺も今まで何も考えてこなかったんだから、その方がよっぽど悪いっていうか」

「でも、もし全てを思い出しても、私たちはもう……」

「いやいやいやいや、なんで突然ナーバスになってるの！　急すぎない!?」

「怖いのよ……このまま、小学校を見て、私たちの家に行って、何も思い出してくれなかったら……私たちは、貴方にとって、本当は大した存在じゃなかったんだと思い知らされるみたいで……」

桐生は悲しさや、悔しさ、恐怖を混じり合わせたような表情で唇を噛んでいた。

「そ、そもそもさ、俺が記憶喪失だなんて嘘かもしれないだろ。全くの別人って可能性も」

彼女の気を紛らわすため、そんな前提が覆るようなことを口から出す。いや、それでも、俺が嘘つき呼ばわりされて軽蔑される方が、桐生を悩まし、絶望させるよりよっぽどいい。

「それはないわよ」

しかし、桐生はそう弱々しくも微笑んだ。

「昨日は散々言ってしまったけれど、やっぱり貴方は私が知ってる鋼君だって思うの。笑顔とか話し方はぎこちないって思う時はあるけれど、真面目な時は真面目なところとか、先生に怒られて落ち込んでいる姿とか、やっぱり変わらない。貴方は……誰かを傷つける嘘をつく人じゃない……」

「け、結構見てんのな……」

ハズい。超ハズい。特に先生に怒られて落ち込んでいるとか……あまり出していないつもりなんだけど。

「貴方、私のこと嫌いか、苦手だったでしょう？」

「えっ!?　い、いや、そんなことは……」

「仕方ないわよ、貴方からすれば私に一方的に嫌われていたのだから。でもね、そんな私に気遣ってくれる、そういうお人好しなところも変わらなくて……」

お人好しなんて、それこそ勘違いじゃないだろうか。俺はいつだって自分勝手にやっているだけだ。今日のことだって桐生を振り回しているのは俺の方だ。

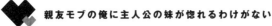

「なんて、1年間勘違いして、貴方が記憶喪失だったなんて気付けなかった私が言っても空々しいわよね」

「いや、そんなところに責任を感じる必要ないだろ！」

「結局信じられなかったのよ、私は。貴方を……鋼君のことを」

「桐生……」

「でも、これからは反省して改める。これからは貴方は貴方として、椚木君として見ていきたい。記憶を取り戻せても、取り戻せなくても……だから、その……虫がいい話かもしれないけれど、また、友達に……」

最後は恥ずかしそうに顔を逸らされた。そんな桐生を俺は呆然と見ているしかなかった。

彼女は俺を俺として見ていなかったと言うが、俺は責められない。責められるわけがない。

俺も桐生のことをクールでぼっちな優等生というキャラに決めつけて接していたのだから。今でも、「これ本当にあの桐生？」という思考が生まれてしまっている。

でも、実際に接してみると、こいつは真面目だけれど、天然なところがあるし、弟思いだし、意外と冗談を言うし、笑いもするし泣きもする……コテコテのイメージとは違う、普通の女の子で。

「なんか、真面目だな」

「それが私の取柄だもの。そこは見習ってほしいわね？」

誇るように僅かに胸を反らす桐生。それと共に大きなお胸が強調されて、俺はじっと見つめるわけにもいかず目を逸らした。

「ったく、言ってくれる。キキのくせに」

「え……今、なんて……!?」

普通に話していたつもりだが、何故か桐生が驚いたように目を見開いた。が、それについて触れるより先に、

「んあ……？　おい、桐生!?　桐生鏡花だろ、お前!!」

突然、一人の男が桐生に声をかけてきた。

見るとそれは、同年代っぽいが、金髪のオールバックに、耳や鼻にピアスをつけた身近にいないタイプ、ザ・チャラ男だった。

「なんだテメー!?　俺の桐生に何してやがる！」

「いや、何と言われましても……っていうか、俺の？」

説明を求めるように桐生に視線を飛ばすが、何故か彼女は先ほどのように俺を見たまま固まっている。そのうちにチャラ男さんはズンズンと距離を詰めてきて俺の襟元を掴み上げ……って、何この状況!?

「あの、えーっと、どちら様ですか？」

「俺は……俺は桐生の彼氏だコノヤロー！」

今明かされる衝撃の真実。桐生、彼氏いた。

「マジか」

チャラ男君の言葉に驚いた俺は呆然と呟くことしかできなかった。

しかし内心滅茶苦茶驚いている。びっくり仰天だ。まさか桐生に彼氏がいたとは。桐生はてっきりぼっちだと……と、これも勝手な思い込みか。桐生みたいな堅物っぽいキャラ……という以前にヒロインには彼氏がいないというステレオタイプだ。

しかし、こういうのと付き合っているとは桐生、意外と男の趣味が悪いというかなんというか……。

が、肝心の桐生が反応しない。彼女は相変わらず固まって俺を見ていたが、説明を求めるように視線を向けていると、はっと気が付いたように、俺と、俺に摑みかかっているチャラ男を見た。

「……どちら様？」

「「えええええええええええええええ!?」」

桐生の言葉に思わず絶叫する俺とチャラ男。

って、チャラ男君、君もかい!?

「お前と付き合ってるんだろ!?」

「は？　違うわよ。今付き合ってるのは東九条君じゃない」

「いや、誤解を招くようなこと言うな!?　勘違いされたらどうすんだよっ！」

「なっ……つ、付き合ってるってそういう意味じゃないわよ！　分かってるでしょ、バカ！」

「分かってるよ！　バカはお前だ状況を考えろ！　そりゃあ彼氏さんに他の男と二人きりのところを見られてとぼけたくなるのは分かるけどさっ！」

違うんですよ、彼氏さん。とチャラ男さんに目を向けると、チャラ男は呆然と桐生を見て固まっていた。そろそろ手を離してほしいんだけど。

「俺が……俺が分からないのか⁉」

「知らないわよ。行きましょう、椚木君」

「待てよ桐生！　俺だよ、俺！」

「何、オレオレ詐欺？　ナンパにしては手口が古いわね」

冷たくあしらう桐生と、焦った様子のチャラ男さん。何コレどういう状況？　そういうプレイ？

「あの……俺、席外そうか？」

「はぁ……椚木君、何に気を遣っているのか分からないけれど、私に彼氏はいないわよ」

「いや、でもこの人が彼氏だって……え、違うの？」

一人パニックになる俺。だが、よくよく考えずとも、こうして桐生とチャラ男、二人の意見が食い違っているのなら、信じるべきは……

「じゃあ、アンタ何だ？」

当然桐生の方だ。

いつの間にか緩んでいたチャラ男の手を離し、桐生を背中に庇う。自称彼氏なんてのが現れたんだ、普通に考えてキモい。怖い。この世界にはキモい奴が多すぎる。

「俺だよ、丸尾だよ！」

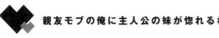

「嘘つけ！　お前丸尾って見た目じゃねぇだろ！　ぐるぐるメガネをかけてどんぶりみたいな髪型にして口調を『ズバリ！　ホニャララでしょう！』に変えてから出直してこい‼」

「どんなイメージだ、そいつは⁉」

「おい、こいつやべぇよ。アイデンティティ崩壊しちゃってるよ」

丸尾君、荒れる。今年一番の事件である。後半へ続く。

「丸尾……？　そんな人がどこかにいたような……いなかったような……」

「じゃあいなかったんじゃね」

「そうね」

「いや、いるから！　ここにいるから！」

随分ツッコミ性能の高いチャラい丸尾くん、略してチャラ尾である。

「桐生、本当に覚えていないのかよ、ほら、合気道教室で一緒だった丸尾だよ！　小学校同じクラスだった丸尾初男だよ！」

「名前もニアピンっ⁉」

「お前は黙ってろ！」

「いや、これは流石に黙ってられないわ。お前絶対誕生日1月1日だろ。お医者さんを元旦から仕事させたクチだろ」

「な、なんで分かるんだよ！」

「ズバリお前が丸尾で初男だからでしょう！」

「椚木君、貴方が丸尾くんになっているわ」

危ない、無意識のうちに取り込まれかけていた。しかしこれまた随分と濃い奴が現れたものである。

下手をすればインチキおじさんも登場するかもしれない。油断すんなよ。

「くっそぉ、馬鹿にするんじゃねぇ！」

「ああ……確かに丸尾っていう子がいたかもしれないわ」

「本当に？　絶対？　神に誓える？」

「そう言われると自信ないわね……」

「んなっ！　お前は黙ってろ！」

怒る丸尾君。ズバリ、トランキーロでしょう。

「それで、その丸尾君？　が一体何の用かしら？　私〝たち〟忙しいのだけれど」

そう、俺たちオクパードなの……ん？

何故か『たち』を強調する桐生。あ、もしやこいつ俺をしっかり巻き込もうとしてやがるな。

「き、桐生……さっきからその男なんなんだよっ」

そして見事に誘導されたチャラ尾君。彼氏を自称するようなヤバい奴だ。そんな奴に睨まれたら……なんだろう、最初ほど怖く感じない。

「何って……その、か、彼氏よ」

「ぶっ！」

「なあっ⁉」

思わず吹き出す俺に、絶句するチャラ尾くん。

こいつ巻き込むどころじゃねぇ！　完全にカカシ役にするつもりだ！

「何言ってんだよ桐生！　違うから、付き合ってないから！　つーか、さっきそういう意味じゃないって自分で言ってただろ！」

「つ、付き合っているということにして上手く誤魔化した方がいいでしょう？　だから軌道修正よ」

「付き合ってるっていう嘘がもう上手くねぇんだよ！　相手はお前の彼氏を名乗るようなヤバい奴だぞ⁉　ヘイト稼いでどうすんだよ！」

「そこは上手いことやりなさいよ」

「丸投げ⁉」

「第一、私はこんなのに構ってる場合じゃないの。椚木君、貴方さっき……」

「イチャイチャしてんじゃねぇええええええええええ！」

わっ、突然叫び出したぞこの人！

「桐生……俺は、俺はずっとお前を見てきた。お前と一緒にいたくて合気道も始めたし、ずっとお前のこと……なあ、桐生、覚えてるだろ？　俺、お前に告白して、それで断られた。そして転校しちまったけど、どこに行ったか分からなかった……。でも、俺には分かってるんだ、お前は本当は俺のことが好きで照れ隠しで断ったんだって。俺、分かってるんだよ……」

「こいつやべぇ!?」

「やだ、怖いわ、この人ストーカーよ」

「いや、何煽《あお》ってんだよ!?　あー、なんか泣いてんじゃん!」

滅茶苦茶気持ちが悪いけれど、流石に泣かれるとちょっと可哀想。最早自称彼氏感はゼロになり、今ではストーカー化した元学級委員だ。

「あの、ほら、涙拭きなよ。あれ嘘だから。付き合ってないから俺たち……あ、ごめん、レシートしかなかったからこれで」

ティッシュもハンカチも持ち合わせていなかったので、今朝のコンビニのレシートを差し出した。

「てめぇ舐めてんのか……俺を地獄の番犬、丸尾初男だって分かってやってんだろうなぁ!?」

なんか恥ずかしい二つ名持ってる系の人だった!　でもよくよく見ればヤンキーっぽい見た目しているしそういう感じの人なのかもしれない。

「ああ」

ポン、と納得したように手を叩く桐生。

「思い出した。泣き虫の丸尾君ね。確かに同じクラスにいたわ」

「マジか。このタイミングで思い出すのか」

「椚木君、貴方とも同じクラスだったわよ」

「マジか!?」

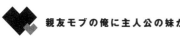

衝撃！　まさかの元クラスメート⁉

「同じクラスの椚木……⁉　って、お前、椚木鋼か⁉」

「アッ、ハイ」

一方的に知られている恐怖と痛みを教えられた僕。

ああ、これは怖いわ。むしろよく余裕保ってるな桐生は。鋼メンタル？

「また俺の邪魔をするのかよ、てめぇは！」

って、なんか俺に怒ってるんですけどっ⁉　ん？　それはさっきから？　せやな！

「多分だけど彼、私のことが好きだったのよ」

「結構平然と言っちゃうね、君⁉　いや、話的にそうじゃなかったらおかしいけれど」

「当時の丸尾君は教室の隅で大人しく本読んでいる感じの子だったし、同じく気弱で交友関係の狭い私に共感していたのかも」

冷静に分析しないで！

「確かに合気道教室にも来ていたわね」

「それは結構ちゃんとした接点じゃないか……？」

「だって見た目あんなのじゃなかったもの」

そう言ってチャラ尾君を指差す桐生。確かにあんな金髪で穴だらけの小学生いたら怖いよなぁ。

「だってさ、チャラ尾君。ほら、桐生も君のことを思い出したみたいだし一旦落ち着こう。な？」

「ふざけんな椚木……俺はずっとお前のことが嫌いだったんだ！」

「ええっ⁉　今俺じゃないだろっ⁉」

チャラ尾にはもう俺しか見えていないようだった。すぐにでも殴りかかってきそうな雰囲気に、桐生を背に庇いながら後退する。

「おい桐生……今すぐ椚木から離れろ。そうすれば許してやるよ……」

ドスの効いた声でそう脅してくるチャラ尾君。もう完全にターゲット俺じゃん！　一体俺これからどうなっちゃうの⁉

「どうしたのよ、まるおくん。あなたそんなんじゃなかったじゃない」

棒読みっ！！！！

「俺はもう昔の泣き虫丸尾じゃねぇ……地獄の番犬、マルティーニ・ジョーだ！」

マルティーニ・ジョー⁉　なんだその横文字！

怖いを通り越して何かもう俺の方が恥ずかしくなってきちゃったよ！

多分、丸尾→マルティーニ、初男→ジョーという感じのアレ……と冷静に分析したらしたでヤバい。

見れば桐生も何とも言えない顔をしていた。忘れていたとはいえかつての知り合いで、ビフォーを知った上でのこのアフターを見ればこんな反応になるのかもしれない。また匠やっちゃいましたね。

「ぶっ殺してやる！」

物騒なセリフと共に折りたたみナイフを取り出すチャラ尾。いや、それはアカン！

「お、落ち着け！　シャレになってないから！」

「うるせぇ！　桐生を置いていくなら見逃してやるよ……桐生、お前は今度こそ俺の女になるんだ！」

お前、出てくる世界観間違ってるよ！　血で血を洗うアウトなレイジな作品の方が水が合うと思うよ!?　そっちなら多分、色物キャラで行けるんじゃないかな？　合気道が使えるなんて珍しいと思うよ……？

「ちょっと、まずいんじゃない……？」

「いや、まずいよ！　聞かなくても分かるだろ！」

「うわあああああああ！」

悲鳴に似た怒号を上げながらチャラティーニがナイフを振り下ろしてきた。

俺は咄嗟《とっさ》にポケットから、桐生のタグを切るために購入したハサミを取り出し、ナイフを挟んで止める。刃と刃が交わり、ガギィッと耳障りな音が響いた。

「なっ!?」

「刃物は人に向けるなってママから教わってないのか」

まったく、危ないな。普通にぼけーっとしたら切られてましたよ。こういうのは素人の方が危険なのだ。

「ふっざけんな！」

「だから、シャレになってないって」

ナイフを引き、今度は突いてくる地獄の番犬。俺は冷静にナイフの軌道にハサミの持ち手の穴を合わせ、刃を穴に潜らせる。そのままいい感じに嵌《は》まったので捻《ひね》ってやると地獄の番犬はあっさりとナイフを離した。止められると思っていなかったというのと握りが甘かったというのがあると思うが、呆気《あっけ》ない。

が、俺は彼が固まっている間も動いていた。ハサミから滑り落ちていくナイフを俺は地面に落ちる前に右手で拾い、呆然とする野郎の首を左手で掴んで押し倒す。

「ぐげっ⁉」

「汚ぇな」

肺の息が吐き出されるのと同時に大量の唾液が飛んできた。顔にかかって気持ち悪い。

が、それに気を取られているうちにも俺の右手は反射ともいえる速さでナイフを逆手に持ち替え、そのまま野郎の顔面に突き立てようとして……

「つぶねぇ……」

咄嗟に左手で右手を叩くことで、すんでのところで何とか止めた。厄介な反射だ。脊髄落ち着いて。

「ひぃ……！」

ほら、怯《おび》えちゃってるよチャラ尾君。下手したら大惨事だった。が、殺人犯を見るような目を向けられるのは心外だ。

「な、なーんちゃって」

いたたまれず、笑顔を向けて誤魔化そうとしたが、逆にそんな俺を見てチャラ尾君は白目を剝《む》いて気絶してしまった。

こいつは困った。絶対変な誤解されてる……と思ったが、間柄的に誤解されても問題ないとも思ってしまう。一期一会って言うしな。

「椚木君……?」

そうこう考えているると、背後からおずおずと声をかけられた。それは当然桐生のもので、振り向くと彼女は呆気にとられたように、そしてどこか訝《いぶか》しむように俺を見ていた。

これは俺、やっちゃいました……?


桐生は俺を動揺したように見つめて何も言わず、そして俺もここからどうしていいか分からない。

気まずい。どれくらい気まずいかというと、桐生の彼氏を自称するようなストーカー野郎のチャラ男君の煩《うるさ》ささえも恋しくなるほどに気まずい。

とはいえ、いつまでもこうしているわけにはいかない。今の俺はチャラ男にのしかかりながらナイフを構える危険人物だ。

一旦ナイフを畳んでポケットにしまう。簡単に凶器を振り回すような危険人物には持たせていられないし、これは俺が然るべき手段で廃棄させてもらう。

「えっと……その、そろそろ帰ろう」

既に日が落ち始め辺りは夕焼けに包まれていた。帰りの時間を考えると、小学校や家の方に行く時間的余裕はない……という大義名分を得たわけである。

「そうね……」

桐生はそう同意して歩き出す。俺はそんな桐生に先導を任せ、チャラ尾君を道路の端に寄せた後、5歩ほど後ろをついて歩く。チャラ尾君のことはきっと通りすがりの人が助けてくれるだろう。今の俺には彼を気遣う余裕なんてない。

先を歩く桐生の足取りはまるで考え事をしているかのように覚束《おぼつか》ない。そんな桐生になんと声をかけるべきか、そもそもかけるべきではないのではないか、などとぐだぐだ思い悩んでいるうちに、あっという間に駅に着いてしまった。

そのまま会話のきっかけも摑めないまま、俺たちは明桜町方面の電車に乗り込む。車両には他に客がおらず、俺がドアの対面の角に腰を下ろすと、桐生は俺の反対側に向かい合うように座り、俯《うつむ》いて手元を見ている。

そんな桐生を見ていると、俺の中で罪悪感と自身への嫌悪感が湧き上がってきて、じわじわと精神が蝕《むしば》まれていくようだった。こんなところで彼女の住む世界と俺の住む世界が違うことを思い知らされるなんて。

刺さなかったから良かった、ではないのだろう。桐生にとっては。

沈黙のまま、時間だけが経過していく。きっとこのまま今日が終わり俺も桐生も今まで通り、いや、今まで以上に関わりを持たなくなって……

「ごめんなさい」

突然、桐生がそう呟いた。

「……え？」

「ごめんなさい。ずっと黙っていて」

「何、言ってんだ」

「少し整理がつかなかったの。きっと気を遣わせたわね」

そう言った桐生はもういつも通りの桐生に見えた。少なくとも俺に対して怯えるような態度はない。

「お前、俺に……怯えてたんじゃないのか？」

「は？　どうしてよ」

「いや、その、あの男にナイフ突き刺そうとしてたし……」

「ああ……確かに驚いたけれど、でも別に貴方は彼を刺しはしなかったでしょう」

さも当然のようにそう言う桐生。

「あのままナイフを突き刺していたら流石に警察に突き出すしかなかったけれど……むしろ、守ってくれて嬉しかった。ありがとう、椚木君」

「お、おう……」

何故、そんなことを言えるのか。それが分からずに俺はただ頷くしかなかった。

桐生は俺をじっと見つめてきて、何かを躊躇《ためら》うように口を開いては閉じる、を数度繰り返した後、控え目に言葉を紡いだ。

「聞きたいのだけれど、あの動きは、彼にナイフを突き立てようとした動きは、無意識なものだったんじゃないの？」

一瞬、彼女が何を言ったのか理解できずに固まってしまった。が、頭に内容が入ってくると、今度は別の感情が湧き上がってきて、思わず目を逸らした。

「どうしてそう思う」

「まるで貴方の右手が勝手に動いたように見えたから。そして、貴方はその右手を左手で必死に止めていたわよね」

「それが本当なら俺は無意識のうちに人を殺そうとする奴だってことだな」

本当はこんなことを言いたいわけじゃないのに。上手いこと誤魔化したいはずなのに。出てきたのは自分を卑下するような、そして桐生を拒絶するような言葉だった。

「きっと、何か理由があるんでしょう？」

「……」

「別にそれが何か無理に聞き出そうとは思わないわ。辛いのは表情を見れば分かるもの」

言葉を選びながら、俺に気を遣いながら、桐生は優しく言葉を紡いでいく。

「でも、椚木君は椚木君。もうそれを曇らせる気はないわ」

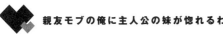

「それってでも、俺がヤバい奴ってことの解決にはなってないだろ」

「いいえ、私はこう言ったはずよ。守ってくれてありがとうって」

「あ……」

優しい目だ。多分桐生は他でもない俺が、俺の行動を悔やみ、そして怯えているのに気が付いているんだ。決して彼女には伝えられない俺の持つ闇を、その実体を摑めずとも受け入れようとしてくれている。

「ねぇ、椚木君。貴方の中にかつての椚木君は全くいないのかしら」

「……いや」

いない、ということはないのだろう。記憶を失ってから、少しずつ感情を手に入れ、今の俺になった。ただそれでもゼロからではなく、この体に残るかつての俺が残したベースがあって、その延長に今の自分がいるのが正しいのだと思う。

「きっと貴方の体が覚えているのよ、記憶を失う前の貴方をね」

「体が……」

それは、そうなんだろう。ただ、この確信を桐生には伝えられない。何故なら先ほど、丸尾初男を殺しかけたあの無意識の動きは、俺が記憶を失ったことで身についた呪いのようなものだから。

かつての俺が意識的に行っていたことを、記憶を消すことで無意識に落とし込んだ記憶喪失の副産物。つまり、桐生の知るかつての俺が、あのナイフを振り下ろそうとしたんだ。言えるわけがない。

「どうしてそう思ったんだ？」

だから、俺はそんな気持ちを押し殺して、笑顔を取り繕ってそう口に出す。無理して笑っているのが桐生にも分かったのだろう。彼女は少し眉を下げて悲し気にしたが、それでもまた、優しく微笑んだ。

「だって貴方は私を呼んだでしょう？　キキって」

「……へ？」

キキ？　そう俺が呼んだのか？　桐生を？

「キキってなんだ？」

「ほら、無意識じゃない」

そう言って嬉しそうにする桐生。対する俺は予想外の話題に困惑してしまう。

「どういうことだ？」

「キキって、私のあだ名だったの」

キキが、桐生の、あだ名？

「きりゅう、きょうかの頭文字を取ってキキ。つけたのは昔の貴方なのよ？」

「そ、そうなのか」

「当時は少し嫌だったのよ。あだ名で呼ばれるというのは少し恥ずかしかったし、私犬派だし」

「キキってそのキキ!?」

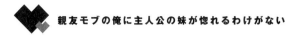

「実際呼んでいたのは貴方くらいだったけれどね」

桐生はそう懐かしむように微笑む。

キキとは……幼い俺、好きだったんだなぁ。俺もあれはいいと思う。キキは人間の方だけれど。

「それを、俺が気が付かないうちに呼んでたってのか」

「ええ。その直後にチャラ尾が割り込んできたせいで有耶無耶《うやむや》になってしまったけれど」

チャラ尾……余計なことしかしない奴だ。

しかし、無意識のうちにあだ名で呼んでいた、と指摘されると何だか恥ずかしい。

「もっといいあだ名とかなかったのか。きりゅうきょうかの頭と最後を取って、キリカとか。ほら、何かぽくない？　主人公っぽくない？　女版感ない？」

「何言ってるの？」

「いや俺も分かんないけど」

本当に何を言っているんだろう、俺は。

ただ、不思議と胸に渦巻いていたもやもやが晴れている。俺にとって、過去の俺が残した無意識という遺産は主に血なまぐさい状況の中で目立つものだった。けれど、彼女をあだ名で呼んだというのが本当なら、俺の記憶は、無意識は何も暗い事ばかりではないのかもしれない……そう思うと、何故か嬉しさがこみ上げた。

それに、もう一つ。

桐生も、あのナイフを扱う動きから俺の無意識の中に隠れた異常も感じ取っているはずだ。そして、俺の態度からその異常について俺が何かしらを意図的に隠していることも、きっと気が付いている。

しかしそれを追及してはこない。……多分、待ってくれているのだ。俺が桐生にそれを伝えるのを。

桐生は俺を受け入れようとしてくれている。そのことも、嬉しいんだ、俺は。とても伝えられそうにない、そう身勝手に思っていても。

なんだか恥ずかしい。俺はそんな気持ちを誤魔化すように、意図的にからかうような声色を作った。彼女から目を逸らしながら。

「しっかし、キキねぇ」

「何よ」

「似合わねぇなぁって思ってさ」

「貴方がつけたんじゃない」

「記憶にございませんなぁ」

そんなくだらない、ある意味不謹慎なジョークを言いながらも、俺たちはどちらからともなく笑い合っていた。

一日使って得た収穫はほんの少しだけ。

でも、俺にとっては大きな一日だった。こうして心から笑い合えていることが、どれだけ俺の救いになっているか、きっと彼女は知らないだろうし、それでいい。

それから明桜町に帰るまで俺たちは色々と話した。桐生が読んでいる本の話、俺が読んだニュースの話、授業の話、天気の話……向かい合って離れていた互いの距離はいつしか、行きと同じように並びに戻っていて、けれども行きよりもずっと彼女を近くに感じながら、互いにどうでもいい話を続ける。

それこそ、これが小説だったらダイジェストで飛ばされるようなのないドラマ性のない内容ばかり、中身のないワンシーン。

ただ、この時間が小説のように飛ばしてしまえなくてよかったと心から思う。

この暖かな時間を飛ばしてしまうなんて、それこそ勿体ないというものだ。

どんなことがあっても月曜日は変わらずやってくる

「送ってくれて、ありがとう。いつか大樹にも手を合わせてあげてね」

「ああ……お互い整理がついたらな。今のままじゃ、きっと困惑させるだけだしな。お前の時みたいに」

「ふふ、そうね。それじゃあ椚木君、おやすみなさい」

そんな会話を交わして桐生は自宅へと入っていった。

時刻は既に20時前、ほぼ丸一日付き合わせてしまったわけだが、何とか無事家まで送り届けることができた。

さぁ、俺も帰って寝るかと思い歩き出すとちょうどのタイミングでスマホが震えた。

「もしもし」

『こんばんは、先輩』

「ああ、こんばんは」

電話は光からのものだった。随分とタイミングがいいが、まさかどこかから覗いて……？

『今日は月が綺麗ですね』

「生憎《あいにく》曇天だよ、引きこもり」

いや、そんなわけないか。綾瀬の漱石砲は不発に終わった。天気くらいネットでも見れるんだよなぁ。

『そ、それはともかく先輩』

こほん、と咳払いを挟んで仕切り直す綾瀬。仕切り直すほど話が弾んでいたわけでもないけれど。

『随分とご機嫌そうですね』

ご機嫌、俺が？

『問題は解決しましたか』

「まあ、おかげさまで」

解決、と言っていいかは分からないが前進……改善はされたと思う。

「お前のおかげだ。ありがとう綾瀬」

『……貸しですから』

そう照れたように言う綾瀬に俺は思わず吹き出してしまう。

『……なんですか』

「いやぁ、照れてるのが面白くて」

『照れてませんっ』

「そう照れなくても」

『照れてませんってば！』

ひとしきり笑った後、俺は歩くのを止め、ガードレールに腰を掛ける。

「なぁ綾瀬」

『なんですか……』

「学校来いよ」

帰ってきたのは沈黙だった。

「まだ1週間にもなってない。間が空けば空くほど出づらくなるぞ？」

『分かってますよ、でも……怖くて』

怖いという言葉は真実味を帯びていた。間違いなく本心ではあるだろう。だが、その前の沈黙には言葉を選ぶような息遣いがあった。

やはり、言いづらい、俺には言っていない理由があるのだろう。

「いいのかよ」

『何がですか』

「お前が来なかったら、そうだな、お前の友人からお前のことを根掘り葉掘り聞き出してお前の秘密を丸裸にしてやる。わははははは」

『友達なんて知らないくせに……って、幽ちゃんと知り合いなんでしたっけ』

「幽ちゃん？　誰それ」

綾瀬が電話越しに呆れたようにため息を吐いた。

『好木幽ちゃんです』

「ああ、あいつね。分かる分かる。多分あいつだね」

『それ本当に分かってます？』

「分かってるよ、ほら、あいつだろ。シルエットは浮かんでる」

妙にちっこいシルエットだが、間違いない。

『とりあえず幽ちゃんには箝口令《かんこうれい》を敷いておきます』

「残念だったな、俺は既にちびっ子の胃袋を摑んでいる」

『なっ、卑怯です！　普段は私がお弁当あげてたのに……』

「あいつ普段から乞食やってんの!?」

だからあんな貧相な体に……かなしみ……今度たらふく食わせてやろう……。

「まぁ、ちびっ子のことはどうでもいいんだが、学校に来ないってんなら俺はやるぜ。お前を丸裸にひん剝《む》いてやる」

『変態ですか』

「変態おじさんの仲間入りになりたくないなら抗《あらが》ってみせるんだな！　わっはっはっはー」

って、これだと仲間になるのは俺の方……？

『不謹慎ですし、セクハラですし、もう色々と最低ですね』

そう言って大きくため息を吐く綾瀬。電話越しに吐息が耳をくすぐる。

『でも、いいでしょう。やってみてください』

そして挑発するようにそんなことを言ってきた。

『先輩は私を支えてくれるんですもんね。だったら、率先して情報収集くらいしてもらわないと

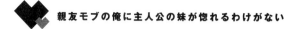

ですから』

ペラペラと得意げに語る綾瀬。余裕そうに見せておいて実際は焦っているのが見え見えだ。

「おいおい、あまり俺を舐めるなよ？　確かに俺は頭脳も身体も高校生級だが脚力にはちっとばかしの自信がある」

『それ関係あります？』

「いざとなったらお前のクラスに乗り込んで一人一人蹴り脅していってやる。キックターゲットやろうぜ、ボールはお前、的《まと》は窓な！　つって」

『それは絶対にやめてください』

俺だってやりたくないよ？　でも急を要されれば決断する必要がある。要するなよ？　絶対要するなよ？

「まぁ、俺のスペシャルコンビネーションシュートが火を噴くことを心配する気持ちは分からなくもないが」

『一人でコンビネーションシュートですか』

「それはほら、人には足が2本あるから、上手い感じにな」

『なんだか相当間抜けなイメージが浮かびました。先輩だけに』

「いや、カッコいいから。滅茶苦茶カッコいいから。お前の勝手なイメージを押し付けるな！」

『人をボールにしている時点で格好良くはないです』

それには激しく同意する。

「……まぁ、いい。お前のクラスメートをボールにするかどうかは今後の展開次第として……」

『絶対やめてくださいね。先輩ならやりかねませんからね』

「俺お前の中でどういう印象なわけ？」

そういやおじさん蹴り飛ばしたわ。数メートル。まぁあの人はボールみたいな体つきだったし、きっとボールと人間のハーフだったんだよ。

「とにかく、今回の件で綾瀬には借りができたからな」

『大したことはしていませんよ』

何この子カッコいい。俺が綾瀬の立場だったら相手が恩を感じているのをいいことに強請《ゆすり》たかりの大盤振る舞いだろうに。ただこの子さっき自分で貸しって言ってましたよね。お兄さん覚えてますよ。

『ただ借りだと思っているなら、そうですね。私のことは光と名前で呼んでいただければそれでいいですよ』

「それは却下」

『ええっ!?』

ハハハハハ！　ヴァ〜カ！　そんなんで釣られるのはラブコメ主人公くらいだ。俺は親友モブを自称する男。そしてゆくゆくはベストフレンドアワード金賞を受賞する男だ！　おいそれと親密度アップフラグを回収するような尻軽と思われては困る。それに名前呼びはお前の兄貴の専売特許だから。いやぁ好感度に拘わらず名前呼びする快人さんには敵いませんね。

いいか、綾瀬妹、親友キャラとは大木よ。メインキャラ達が安心して帰ってこれるようにどっしりと構えていなければならない。それが親友ってもんだ……。

「お前への借りの返し方はもうとっくに決めてるからな」

『それは……先輩にできることはありませんよ』

「それを決めるのはお前じゃねえ」

『先輩……』

「俺でもねぇ」

『先輩!?』

「あれ？　じゃあ誰なんだ？」

『聞かれても困ります！』

うーん、誰になるんだろ。第一俺と綾瀬は学年すら違うし介入するには限度がある。もっと近しい距離の間柄じゃないと……ゆうたは却下、そんなポテンシャルはないし、出てきても速攻乙るが必然。ＢＣ待機でどうぞ。

「先生とか……」

『先生に言いつけるなんて最低ですよ』

「生徒会長とか……」

『それは、飛躍し過ぎじゃないですかね』

僅かに言葉を詰まらせる綾瀬。ああ、これはジャッジメントだわ。はいはい、生徒会長はまずい感じね。まぁ、生徒会長は俺にとってもまずい感じだけれど、背に腹は代えられない。骨を切らせて肉も断たせる作戦だ。

「よし、生徒会長にチクる。なぁに、綾瀬兄妹のためだと言えば協力してくれるだろう。俺はあの人苦手だけど、良かれと思って！」

『本当にやめてください』

「嫌なら学校に来るんだな」

『それは……』

「まぁ俺もすぐには動けないだろうし、存分に悩みたまえ。どんどん来づらくなるだろうけど、まぁ少し早い夏休みみたいなもんだ。夏休みにしっかりと出勤して取り戻せばいい。一応、俺はもう補習が決まっている身だしな、遅れを取り戻すのには付き合ってやるよ」

補習のシステムはよく知らないが、行き帰りくらいなら付き合ってやらなくもない。でも、それって遅れを取り戻すのには付き合ってないような……うん、気にしたら負けだ。

「まぁ、大船に乗った気でいるんだな」

『不安が大きすぎますが……』

「それも含めて楽しもう！」

『なんかもうやけくそな感じですね』

いよいよ呆れられてしまった。やれやれ……っといけねぇや。やれやれって言うと主人公指数が上がるらしい。

「というわけで犯行予告はしたからな、覚悟しとけよ」

『……考えておきます』

少し機嫌を損ねただろうか。まぁ、いいさ。

「じゃ、そろそろ切る」

『はい、おやすみなさい先輩』

「おお、おやすみ」

電話を切る切り出し方っていつも迷うが、特に反対もされなかったのでそのまま切った。

これってコミュ障ということなのでしょうか。教えて有識者。コミュ障に有識者がいるかは知らないけれど。

「帰るか」

今日は色々と疲れたが、まあいい。明日は日曜日だし、昼まで寝ようと決意を固め、俺はようやく家路についた。

——テンテンテロリン（転換音）

時は過ぎて月曜日、そう何度も遅刻したら本当に笑えないのでしっかりと起きて一般的な登校時間に学校に着いた。俺の名誉のために言っておくと遅刻なんてもんは滅多にしないのだ。日曜日中にしっかり寝溜めしたし。

日曜日は安息日と呼ばれる。それはこの世界を作った神様が天地創造の際に7日目、つまり日曜日に休んだことからだという。神様でさえ6日稼働したら1日休むのだから、俺のような脆弱な人間も当然休んで然るべきだ。

ただ日曜日夕方に目を覚ました時の損した感は異常。ただでさえ日曜日の夕方から夜は、月曜日がひたひたと音を立てて近づいてくる魔の時間なのだ。おそらく神様もまた月曜日から働かなければならない思うと気が滅入るのだろう、その影響で世間全体が落ち込んでヤバい。人は神が自分を模して作った存在らしいからね。子は親に似る。

「はよー」

「おはよう、鋼」

「おはよっ、くぬぎっち！」

またこれから5日間この労働が始まるのかと陰鬱な気分で教室に入ると、既に何人かの生徒、そして快人、古藤がいた。古藤は別クラスの人だけどすっかり馴染んでいる。ちゃんとクラスに友達いるんだよね？　お兄さん心配。

「鋼、ちょっといいか？」

「え」

俺が来るまで古藤と話していたであろう快人がそんなことを言い出した。ヒロインよりモブを優先すんなよ。

が、断る口実もなかったので、一旦鞄《かばん》だけ自席に置いて快人に促されるまま廊下に出た。呼ばれたのは俺だが古藤もついてきている。もしかしたら予《あらかじ》め話題が共有されているのかもしれない。

「紬には話したんだけど、光のことで」

「光って……ああ、妹ちゃん？」

「どうも、学校に行きたくないみたいで……」

お兄ちゃーん⁉　ようやく気が付いたのか⁉

「鋼、最近光と仲良かっただろ？　何か知らないかと思ってさ」

仲が良いと言われても、快人の知る範囲だと鞄の一件くらいじゃ……と思ったが、普通に毎晩電話をしていることを知っているのかもしれない。毎晩電話とかいう言葉の不穏さよ。

しかし、どう答えるべきか。綾瀬妹の言葉の端々からはあまり周囲に知られたくないという意思を感じていた。

変態に絡まれた件にしろ、学校で起きているらしい何かにしろ、綾瀬自身に言わせるべきことで、俺が伝えていい話じゃないんじゃないか？

快人が妹関係でどれほどの行動力を見せるかは気になるが、綾瀬妹が兄に心を開くきっかけにもなるかもしれないし……そうだよ。秘密を打ち明けるのは重要なイベント！　俺なんかがバラして台無しにすることは許されない！

「いや、特には」

よって嘘をつく以外の選択肢は消えた。

「そっか……」

「でも光ちゃんが不登校なんて、ホント信じられないよ」

そう言うのは古藤。彼女は快人の幼馴染だし、当然妹の方とも面識があるのだろう。彼女の口ぶりではよほどあり得ないことらしい。まぁ、しっかり者の優等生キャラだからな、綾瀬妹は。

だがしかし、テレビでも「まさかあんな優しい子が犯罪を起こすなんて……」というインタビューがよく流れるもので、身近にいれば見えなくなることも多々あるというのもあり得る。綾瀬妹に限って……という思い込みが思考の幅を狭めてしまうのかもしれない。

「香月《かづき》に聞いてみたらどうだ？　同じ1年だろ」

香月というのは陸上部に所属する1年生女子だ。快人のことが好き、以上。つまりまだ登場していない後輩ヒロインである。

ちなみに香月の名前を出すと古藤の放つ気配が一瞬変わった。流石《さすが》は嫉妬の大罪……でも相手は後輩ですよ。穏やかじゃないですね。

しかし提案としては悪くないと思うんだよな。変質者問題は置いておくにしろ、学内で起きている問題は学内の、それもより近しい存在の方が分かっているものだ。

俺も少しは動くにしろ、やはり解決させるのは快人の方が色々と収まりがいいだろうし。

「そうだな、聞いてみるか。でも光とは別クラスみたいだから接点は少ないかも……」

なるほど、確かに同じ学年でも別クラスとなれば一気に事情は変わる。ここはやはりクソチビに頼るしかないか……やだなぁ。

「おはよう。どうしたの、3人揃って廊下に出て」

そんなふうにそれぞれがそれぞれの悩みを浮かべる俺たちに、ある女生徒が声をかけてきた。この冷たさも感じさせるヴォイスを持つ女生徒と言えば振り向くまでもなく、

「ああ、鏡花、おはよう」

「……おはよう、桐生さん」

「はよ」

桐生鏡花でしかない。ほら、こいつが来ると古藤の機嫌が悪くなるから。穏やかじゃないですよ。

「……不思議ね」

「何が？」

「綾瀬君と古藤さんだけだと何も問題ないのに、椚木君が加わると一気に不穏な感じになるわね」

「おい、それ悪口だよな。悪意しかないよな」

「事実よ」

「正しいことを言うことが優しさとは限らないんだよ！」

朝っぱらからいじられキャラを発揮する俺。うん、桐生との絡みに週末からの変化はない。別にそうしようと示し合わせたわけではないが、学校で俺たちが穏やかな会話を交わすなんて、それこそ違和感しかないし、俺としては願ったり叶ったりだ。

そんな俺たちを快人は「相変わらずだなぁ」と言いたげな呆れた顔で見ていたが、何故か古藤

は大きい瞳を真ん丸にして驚いたように俺たちを交互に見ていた。

「あの……桐生さん、ちょっといい？」

「どうしたの、古藤さん」

「いいから」

「え、あの、鞄だけ置かせて、ってちょっと引っ張らないで……」

……行ってしまった。何だ？　女の戦いか？　そういうのは他のヒロインも纏《まと》めてやった方がいいんじゃないの？

「なんだろう」

「さあ……」

普段は「この鈍感野郎！」と快人にキレるところであるが、あまりに前兆がなさ過ぎて第三者の俺も困惑している。やっぱり煽《あお》りって大事だわ。

暫《しば》く固まっていた俺達だが、考えても仕方がない。そう思い、とりあえず何か口を開こうとすると、先に快人の方から切り出してきた。

「光はさ、強いやつなんだ」

突然どうした？　と言いたいところだが、快人のどこか寂し気な声色に口を挟める感じではなかった。

「両親が揃って海外赴任してから随分経つ。年に何度か帰ってくるとはいえ、俺が中学になってから、光が小6の時からそんな生活だろ？　俺には光を守るっていう大義名分があったけど、光はまだ甘えたがる時期だったと思うんだ」

　突然すぎる。こういうのはもっと雰囲気のある場所で話すべきだ。少なくとも始業が近づいて慌ただしくなってきている朝の廊下でする話じゃない。

「でも、光は小さい頃からしっかりしててさ。俺は……」

　俺は？　その言葉の後は待っても出てこなかった。快人は昔を懐かしむ、そして何とも感情の読めない表情で俯《うつむ》いていたが、顔を上げるといつものように微笑んだ。

「ありがとう、鋼」

「え、何が？」

「光は多分、鋼に気を許してるよな。俺に隠し事だってしてるんじゃない？」

「え、え？」

　何コレ？　何で突然こんな話に？　どうなってんのよ、スタッフー!?

「でも、それが光のためならいいんだ。少し寂しいけれど、でも、兄貴として黙って見守るのも必要なことだ」

　何かを悟るように寂し気に微笑む快人。こいつ、どこまで知っているんだ？　鈍感系主人公じゃなかったのか？

「俺は光のためになら何でもしてやりたい。それが兄貴ってもんだしな。だから鋼。鋼も光を支えてやってほしい。鋼にだったら俺は……」

――コウにだったら俺は。

ズキッと頭に痛みが走った。既視感のある、いや、既聴感と言うべきか、そんなデジャヴが俺の頭に走った。

やはり、似ている。こいつも、あの子も。でもどうして、どうして同じことをしようとするんだ。

「買い被りすぎだよ」

思わず俺はそう口を開いていた。

「俺には無理だ」

だって俺はかつて間違え、失敗したのだから。親友に妹のことを託され、それでもこの腕から零《こぼ》してしまった。そんな俺がまた同じ道を選べるわけがない。間違えると、失敗すると分かっていて背負うことなんてできない。

「鋼……？」

快人はそんな俺を呆然と見ていた。断るわけがないと思っていたのかもしれない。俺が快人の真剣な頼みを断ったことなんて一度もなかったから。

主人公の妹を助ける？　ああ、素晴らしい名誉じゃないか。親友の面目躍如だ。けれど、俺にできるのは精々毎日の電話相手だったり、現状の問題の解決の下地作り程度のものだ。これでも十分出血大サービスだぜ？

俺の目的は綾瀬光の社会復帰、現状の問題打破に他ならない。その後の人生まで背負うなんてのはとても手に余る。

「妹のためなら何でもするんだろ。だったら妹を助けるなんていう大事な役目を簡単に人に投げ出してるんじゃねぇよ」

これが俺の親友キャラとしての答えだった。発破をかけるには、やはりシチュエーションとして微妙ではあるが。

「……ああ、そうだな」

快人は少し俯きながら言った。そこに込められた感情が何なのか、測ることもできないまま、

「ただいまー！」

古藤と桐生が帰ってくることで、この話題も重たい空気も霧散してしまう。

「何話してたんだ？」

快人は切り替えるようにトーンを明るくしてそう切り出した。もしも俺たちの会話があのまま続いていたらどうなってしまっていたんだろう、などという思考も僅《わず》かに残しつつも、俺も古藤と桐生に顔を向けた。

古藤は満面の笑みを浮かべていて、桐生は逆に疲れたようにこめかみを揉んでいる。いや、何があったんだ？

「別にー？　ね、鏡花ちゃんっ」

「そ、そうね」

なんだか二人の間の空気が違う。

「じゃあ、私教室戻るねー！」

俺たちの間に疑問を残しながら、張本人の古藤はあっさりと自分の教室に戻ってしまった。

「何なんだ？」

「さぁ……」

ご機嫌で戻っていく古藤と、精気を抜かれたようにとぼとぼと教室に入っていく桐生。そんな二人を見比べながら、俺たちは揃って首を傾げた。


不思議なことはあったが授業が始まってしまえば何事もなく時間は進んでいった。行き遅れババアにも遅刻をしていないことから絡まれずに、平和な午前を消化。そして、昼休みに突入した瞬間に俺は教室を飛び出した。

目指すは一直線、購買である。

「んなっ!?」

なんということでしょう。授業2分後、滑り出したお約束とは違う展開だったのだが、購買にはもう人、人、人で溢れ返っていた。こいつら何処《どこ》から現れてるの？

いや、だが普段に比べてまだ人は少ない。油断せずに行けば簡単に確保できるはず。パンは食物ってだけじゃない……命なんだ！

「うおおおおおおお！」

ビターン！　おいらは転んだ、スリップ（痛）。

「何やらかすんじゃ貴様っ！」

転んだ原因、俺の足首を摑んで止めてきたすっとこどっこいに怒鳴る俺。見るまでもない。購買でエンカウントすると言えばアイツしかいない。

「スティーブ！　今日という今日は！」

「誰ですかソレ!?」

「お前こそ誰だ!?　スティーブをどこにやった!!」

「ゆうはゆうですよ！　スティーブじゃなくて好木幽です!!」

「知ってる」

「知ってるですか!?」

「そりゃあそうだろ。そんなに驚くことか？　ついこの間会ったばかりだぜ」

「そんな当たり前の顔されるとムカつくですね……」

こいつ何怒ってんの？　むしろ怒りたいのウチなんですけどぉ～？

「んで、どうして足摑んできたんだよ。俺の足はビーチのフラッグじゃないぞ」

「どうせパンを買うならゆうの分もと思ったでして」

「図々しいなオイ」

「いまさらでしょう?」

「どうしてそこでドヤる?」

などとやり取りをしている間に購買はフィーバーしていた。とてもパンなど買えそうにない。

「しゃーない、学食行くか」

「えっ! 学食ですか!?」

目を輝かせるゆうた。

「ん? お前も行くか?」

「いいですか!?」

「よいよい。学食はみんなのものだ」

「ゴチです!」

「おい、奢《おご》るとは言ってねぇぞ!?」

「ゴチでーす!!」

壊れたオモチャみたいに同じ言葉を繰り返すゆうた。ああ、こいつは元々壊れてたな……。

「ごはんっ、ごはんっ、先輩のおごりで、ごはんっ、ごはんっ」などと途轍《とてつ》もなく不穏で不敬な歌を口ずさむチビを引きつれ学食に向かう。

学食も混んでいるのだが、購買に比べれば規模も大きく回転も速い。ネックなのは席数に限界があるということ。結局弁当持参派が一人勝ちということに変わりはない。

そんなわけで俺たちは生徒たちが集う学食に……

「到着デス！」

俺のモノローグに割り込み学食に飛び込むゆうた。そして意気揚々と空いている券売機まで俺を引っ張っていくと、

「ではゆうはビッグ定食Aで！」

などと要求してきやがった。ビッグ定食は学食のくせに８００円するという社会人御用達のビッグな奴である。普通は５００円ほどなので、ビッグを５食食べる金で通常の学食を８食食えるということになる。

「おい、普通の定食にしておけよ。そんな高いの食えるか」

「いーやーでーすー！」

「我儘《わがまま》言うんじゃありませんっ！　こっちの５００円のレギュラー定食Aにしなさい！　こっちなら奢ってあげるから！」

「その言葉、しかと聞かせてもらったですよ！」

「し、しまったー!!」

俺から奢ることを認めてしまった!?　これは、敢えて最初は高めに設定することで、次の安い値段帯を通すという……！

策士……っ！　この女……ゆうたの皮を被った諸葛亮孔明……っ!!

「くそっ、やられた……これが孔明の罠か……決して金があり余っているわけじゃないのに……」

「電子のバーン！」

「人がひもじい思いをしてるのに新聞勧めてくんじゃねぇ！」

本当に孔明だったゆうたの分と俺の分のレギュラー定食のチケット2枚を購入し、カウンターで引き換える。一度言ったことを取り下げることは、いざという時にしかしない。律義な男よ、椚木鋼。

「自分の分は自分で持ってけよ」

「ハイです！」

「おい、走るなよ。転ぶぞ」

先に出てきた方を受け取ったチビは大きく頷いて空席を探しに歩き出す。くくく……後から行く俺は幾分か冷めていない定食を口にできる。混雑の中から空席を探す手間も省ける。まぁ、代わりに水くらいは持って行ってやろう。

まぁ、そう簡単に空席が見つかるはずもないがな！　学食は学食で人気だ。それなりに席は埋まっているし、いざとなったら立って席が空くのを待つ必要だって……。

「椚木さーん！　こっちですー」

と、思っていたがどうやらチビはあっさりと空席を見つけたようで大きく手を上げていた。こ、こんなにあっさり見つけるなんて、なかなかやるじゃない。おじさんちょっとビックリしちゃったヨ。

「よくやったチビ。褒めてつかわす……ん？」

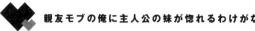

チビが見つけたのは4人掛けテーブルだった。

そこには既にお二方、向かい合うように座られていて。

「お二人が相席オッケーと言ってくれたですよ！」

「いや、おい、ちょっと待て、オイ」

トレイを持つ手が無意識のうちに震える。

「どうした椚木。座らないのか？」

「ああ、誰かと思えば椚木君ですわね」

相席は別にいい。だが座っている人間が問題なのだ。

一人は行き遅れババアの大門、そしてもう一人は日本人離れした金色のウェーブした髪を持つ、ハーフのザ・お嬢様……。

「命蓮寺蓮華《みょうれんじれんげ》……！」

「あら、呼び捨てですの？」

「せ、生徒会長ォーッ！　い、嫌だなぁ！　呼び捨てするわけないじゃないですか、アハハハハ」

媚びへつらうように笑う俺と、そんな俺を呆れるように見てくるチビ、もう睨んできているとしか思えない鋭い目を向けてくる生徒会長、そしてニヤニヤしている先生。

この場はカオスだ。座れば最後、俺は虐《いじ》めに虐め倒されるだろう。そして次の引きこもりが生まれるのです。

「なぁ、好木くん」

「なんですか椚木さん。普通に名字で呼ぶなんて明日は雪ですか」

「ベタな返しをするんじゃないですよ。見てみなさいですよ。先生と生徒会長はお忙しそうだすよ？　ホラ、他の生徒が寄り付かないのもそれに気を遣ってるんだす」

「そんなことはないぞ？　そもそもここは共有スペースだ。別に座りたければ座ればいい」

「せ、先生……っ！」

正論……！　でも正しさが人を救うとは限らないんですよ……だから結婚できないんだバカーっ！

「そうですよ椚木さん。先生もそう言っていることですし。では、お隣良いですか、先生」

ちょっ、チビ、やめて。せめて生徒会長側に座って。

「いつまでそこに立っているつもりですの、椚木君？　他の生徒の迷惑ではなくて？」

ニッコリと、「これが作り笑顔ですよ」という感じの作り笑顔を向けてくる。相対すると湧き上がる負の感情。綾瀬妹には彼女にチクると言ったものの、そんな気分が全くなくなってしまうくらいには、やはり俺はこの女が苦手……もとい嫌いだ。

が、この場でこの女との因縁をほじくり返す気は俺にはもちろん、そして彼女にもないだろう。

ここは穏便に乗り切るしかない。

「……お隣失礼します、会長」

「どうぞ」

内心そうは思っていないだろうが、笑顔で答えてくる生徒会長。隣に腰を下ろすと、彼女が使っているのであろう香水の香りが漂ってきた。

ここは本当に不本意だが向かいのチビと先生を見て癒されるしかない。片やロリ（書類上1歳年下）、片やババア（アラサー）だが……あれ？　チビはともかくとして、先生はキツい性格がなければ普通に美人のお姉さんだ。しかも、飯を食べてる最中はその性格もなりをひそめている感じがするし……。やっぱり年上だわ。ああ……このままだと先生ルート（片思い）イっちゃうよぉ……。

「ややや っ、先生方。もしかしてお召し上がりのそれはスーパービッグ定食です？」

何っ!?　この学食の幻のメニュー、一食２０００円もするあの伝説のスーパービッグ定食!?

「ああ、食べるのは初めてだがな」

「今日はセバスチャンがお休みだったので、こちらに来てみましたの」

微笑む先生と、言外に「普段だったらこんな庶民の飯食わねぇよ」と言いたそうな生徒会長。

こうして対比にしてみてもやはり先生の株が爆上がりだ。

「凄いです。椚木さんなんてケチですからレギュラー定食くらいしか奢ってくれなかったです」

「あらあら、それはいけませんわね、椚木君。そんなんだからこの子はこんなに育たないのではなくて？」

「会長の仰る通りですよ、椚木さん」

いや、チビちゃん、お前遠回しに俺のペット扱いされてるからね？　柔和な雰囲気に騙されちゃってるだけだからね？

そして先生、小さく「普段は私もレギュラーだけどな……」とか死んだ目で呟かないでください！　大方このお嬢様に流されたんでしょうけど恥じることなんかじゃありませんよ！　普段の食事代は節約したほうがデキる女っぽいですし！

「それに、申し訳程度のご飯大盛りとは」

表面上は笑顔、だが言葉は完全に侮蔑のそれだ。

「べ、別にいいでしょうがっ！　食べ盛りなんです、ご飯大盛り無料なんですぅ！　好きなものはごはんアンドごはんなんですぅ!!」

「情けないですわね……」

おもっくそため息を吐かれた。スーパービッグにレギュラーの苦しみが分かるもんかよ！ていうかチビ！　お前も大盛りだろ！　何便乗して呆れた目向けてきてんだよ！

「まぁまぁ、そんなに言うことではないだろう、命蓮寺」

そんな生徒会長をなだめる先生……ぽっ。

なーんて、先生だって自分が普段から食べてる５００円定食を馬鹿にされてムッとしていた程度だろうけど、でもこの生徒会長に比べたら月とスッポンだわ。まさかのここに来て先生の評価爆上げかよ。

が、まぁいい。この状況は地味にチャンスとも言える。

「あの、生徒会長、ちょっと聞きたいことがあるんですけど」

「わたくし、忙しいのですけれど」

「じゃあいいです」

断られたら即退く、それが俺のポリシーだ。こいつ相手に粘りなんてない。あー、失敗かー綾瀬のこと聞こうと思ったんだけどなーどーしよー。

「椚木さん、ダサいです」

「うっさい。チビは黙って食べなさい。ちゃんとよく噛むんですよ」

「お母さんですか」

「お父さんです！　いや、お父さんでもないよ！」

「忙しい奴だな、お前は……」

おい、チビのせいで愛しの先生にも呆れられちゃったじゃないか！

「全く、うるさくて紅茶も楽しめませんわ」

生徒会長はそう言って立ち上がった。そもそも学食で紅茶を嗜《たしな》むなと言いたい。が、自ら去ろうとしてくれるのだ、引き留めるつもりなんて毛頭ない……どころか、いぃやったぁ！　騒がしくした甲斐があったぜ！　俺様大勝利！　と俺の頭の中では盆踊りが開催されるまでに至っていた。

「用件とやらはメールで送りなさい。見るだけ見てあげますわ」

生徒会長は後ろを通り過ぎる、そんな一瞬の動作の中でそんなことを囁《ささや》いて去って行った。しっかり俺にしか聞こえない声で。随分と手慣れた動きだ。暗躍とか得意そうだし不思議ではな

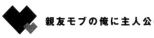

い。

「椚木、お前命蓮寺と何かあるのか？」

「何か？」

「明らかに仲が悪そうだが……そもそもお前たちは」

「別になんでもないですよ」

食い気味にそう言ってご飯を掻《か》っ込む。そんな俺に先生は訝《いぶか》し気な表情を浮かべていたが、

「ムググッ!?　ご飯が喉に……!?」

「おい、勢いよく食べるからだ。ほら、水を飲め」

隣のゆうたが突然呻《うめ》いたことで気を逸らされていた。そう言って先生は慌てて自分の水を飲ませる。てか、なんでお前が掻っ込んでんの？

「んぐ、んぐ、んぐ……ぷはーっ！　あー、死ぬかと思ったです……」

「君、本当に女子？」

餅ではなく普通の白米を喉に詰まらせて窒息しかけたチビは、食堂のテーブルにぐったりと伏せていた。グロッキーである。

「それじゃあ、私は行くが……好木は大丈夫か？　救急車を……」

「先生、米を喉に詰まらせて死にかけたなんて笑い話にもなりませんぜ。ここは穏便に保健室で済ませましょうや」

ていうか救急車ってオーバー過ぎィ！

「そうだな……だが、その言葉遣いはなんだ？」

「いやぁ、敬意の表れでさぁ」

さり気ないフォロー。ゆうたみたいなもんも気遣う優しさ。本当なら姉御って呼びたいくらいだぜ、姉御！

「ふざけているのか……？」

「まさか、そんなわけないじゃないですか」

あ、青筋が……アカン。この人冗談通じない人やった。だから結婚できないんだよなぁ〜。

「とにかくチビは俺に任せてください。先生の手を煩わせることもないですし、俺が連れてって休ませますよ」

「チビじゃなくて、好木だろう……。悪いな、任せていいか？」

「お安い御用です」

本当なら保健室に連れて行くほどのものではないとは思うけど、放っといて行方不明にでもなられたら俺が容疑者になってしまう可能性も微レ存。そんなテレビデビューは嫌だ！

流石に保健室に閉じ込めておけば安全だろう。学校に馬鹿隔離スペースがあって良かった。

「ほら、チビ。行くぞ」

「チビじゃないです……」

「ゆうた、行くぞ」

「お姫様抱っこで、お願いしますです……」

「お前結構余裕だよね？」

そもそも要求できる立場にあると思っているのか……。俺はゆうたを横手に抱え、保健室に向かう。

「何か嫌です！　檻《おり》に戻される動物みたいでっ！」

「よーく現状を理解しているじゃないか」

さらに言ってしまえば動物よりも手薄い。イメージとしては米俵を脇に抱えて運ぶ感じ。いいイメージだ……。

そんな状況に暴れるゆうただが、それじゃあスカートの中が見えちゃうよぉ？

「犯されるですー！」

「物騒なことを言うな!?」

生徒の少ない場所通っててよかったー。ロリコン認定されたらもう日の当たる場所は歩けない。

「俺はお前にびた一文興味なんてない！　お前みたいな薄っぺらい体系の奴よりも、俺はこう……ボンキュッボンなチャンネーがなぁ」

「つまり生徒会長みたいな？」

「アイツは違う」

生徒会長は確かにボンキュッボンだ。美人でもあるが、だがしかし性格が駄目だ。香水も駄目。話し方もいかにもって感じで駄目。はい、スリーアウトチェンジー。

「椚木さんは贅沢ですねぇ」

「何か上からだな？」

「いえいえ、滅相もないですです」

「いよいよ無茶苦茶になってきたな、その言葉遣い……」

「アイデンティティですからです」

「あーバカが移るー」

こいつと話していると駄目だ。本当に頭がおかしくなりそうだ。さっさと収容してしまおう。

「失礼しまーす。先生……はいねぇな」

「めそめそ……二人きりの保健室で、ゆうはこれから椚木さんにひん剝かれてあんなことやこんなことを……」

「それ、もういいから」

「ア、ハイです」

落ち着いたゆうたをベッドに放り投げる。きゃふっ、などと変な声を出して尻から着地するゆうた。

「じゃあ、俺は行くんで」

「待つです、椚木さん」

「んだよ」

「お話ししましょうよぉ」

「お前状況分かってる？」

予鈴はもう鳴った。もうすぐ5限始まるんだぜ？

「サボりましょう！」

「お前サラッと凄いこと言うね⁉」

思えばこの間もトランプのために授業サボっていらっしゃいましたね、この子。サボることに抵抗がないのか……パンクなやつだぜ。

「こういうのはどうでしょう。ゆうの病状が悪化して看病していたと」

「悪くない」

人間、一度サボれると思うと縋《すが》りついてしまう弱い生き物だ。そしてその泥を被ってくれる人がいるなら、あえて被ってもらうのもまた優しさなのかもしれない……。

「んで、話って？」

「光ちゃんのことなんてどうでしょう」

「光ちゃん……綾瀬の？」

「椚木さん、この間光ちゃんのこと聞いてきましたよね。わたし、気が付いていました」

口調が変わってる⁉　何か知的になってる……気がする。こいつ、まさか普段はバカなフリをしているが、実は頭が良い的なアレか⁉　バカな喋り方をしてカモフラージュしている的なアレだったのか⁉

「椚木さんが光ちゃんのこと好きだって‼」

あ、こいつやっぱりバカだ。

いやいや、でももしかしたら勘違いしつつも理論的には破綻していないかも……？

「でも、わたしのことも気になっていて二人の少女の間で揺れているのでしょう！」

やっぱりバカだ（確信）。

「無理してそれっぽい話し方するなよ。ほら、端々で崩れ始めてるぞ」

「えっ、本当です？」

「ほら」

「だ、騙したですねっ!?　頑張ってたのにィ！」

騙すなんてレベルの話じゃないけどネ。努力してそれなら才能ないよー君。田舎帰ったら？

「だが、綾瀬妹の話というのは悪くない」

「妹です？」

「あー……あいつの兄貴は俺の親友なんだよ」

「なんとっ！」

「そんなに驚くことか？」

「見た目ほど驚いていないです。椚木さんの交友関係とかわりとどうでもいいです」

「コノヤロォ……」

時代が時代なら拳骨《げんこつ》ものだが、ここは抑えろ……ＰＴＡを敵に回すにはまだ早い……。

「でもまあ、照れ屋な椚木さんに免じて光ちゃんのこと教えてあげますよ」

「すっげえ上から目線だな」

「さぁさぁ、なんでも聞いてくれです」

「じゃあスリーサイズ」

沈黙。

「……なんか言えよ」

「変態です」

「ごめんなさい！」

なんでもと言われたらそういう話になっちゃうというのが男子高校生のサーガなんだよっ！

「じゃあ、改めて。前に言ってたよな。綾瀬がクラスで孤立してるって」

「……はい」

「あれって、お前が全ての元凶なんだろ」

「ええっ!?」

「あ、違う？」

「違いますですよっ!?」

「だよねー」

こういうのは大体最初に接触した奴が実は犯人というのがベタだが、それはあくまで物語を盛り上げるための手法でしかないわけで、現実に適用されることなど殆どないだろう。とりあえず言ってみたがハズレっと。

「悪い、言ってみただけ」

「心臓に悪いです！」

「めんごめんご」

っと、いかんな。ゆうたと話しているとすぐに脱線してしまう。授業をサボっているのに雑談に興じているなんて、まるで僕ら仲良しみたいじゃないか。

「でも、一概に違うとは言えないかもです……」

「というと？」

「光ちゃんはクラスのリーダー的存在から標的にされていて……」

リーダー的存在!?

「そいつは髭は生えているのか？」

「女子ですから生えていないです」

「いや、女子でも生えてるパターンあるから」

相手がリーダー的存在ならあながちあり得なくもない。

「しかし、女子のリーダー格に標的にされているとか、ヤバそうな気配がするな」

「よくある言い方をすれば、シカトというやつです。それも暗にクラス全体に強制しているでして」

「いじめじゃん」

「そうなりますですよね……光ちゃん、話すとすごくいい子なんですけれど、美人だし、優秀だしで眩《まぶ》しくて、結構話しかけづらい雰囲気をみんな感じているみたいで……」

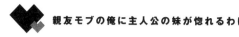

ぎゅっ、とベッドの布団を握りしめるゆうた。そこはかとなく悔しそうな面持ちだ。

「ゆう、光ちゃんの友達なのに、標的にされるのが怖くて、助けられなくて……でも、椚木さんと会って変わろうと思ったです」

「へ、俺?」

俺なんかしたっけ……パンあげたくらいだったよな。

「椚木さんはひもじい思いをしていたゆうに救いのサンドイッチを差し出してくれたです」

「まさか本当にそのエピソードから!?」

「誰も手を差し伸べてくれない状況で、助けてもらえた嬉しさは……きっとゆうにしか分からないです」

そんなふうに掘り起こされるくらいなら、最初から大人しく普通にあげてれば良かった……。

でもそれをきっかけにたかられてるのだからプラマイゼロ……むしろマイだ。

「だからゆうも椚木さんみたいに光ちゃんに手を差し伸べられるようになりたいです!」

「ちょ、そんな凄い存在じゃないから、マジで! 一時のノリだから!」

憧れられるとむずがゆいというか申し訳ないというか……。

「でも、光ちゃんが学校に来なくなってしまって……ゆうも独りぼっちです」

「お前、綾瀬以外に友達いないの?」

「いないです」

「あ、そう……」

なんか申し訳ない気分になる。そういえば、綾瀬が以前、コイツが心を開いたのが珍しい的なことを言っていたような、言っていなかったような。

「まぁでも、アレだ。俺たちもう友達だろ？」

落ち込んでしまったゆうたがいたたまれず、そう口に出す。しかし、友達なんだろうか。自分で言って首を傾げそうになる。一応先輩と後輩なわけだし。

「友達、ですか？　ゆうと、椚木さんが……？」

ほら、ゆうたも首傾げちゃって……って、ええっ!?

「ぐす……っ、ふぇぇ……」

「泣いたっ!?」

「嬉し、くて……ごめんなさい、です」

「い、いや、別にいいけど……」

友達になったからって泣いて喜ぶ価値のある奴じゃないぞ、俺は。友達入門編だからね？　攻略難易度高くないからね？　関係に困ったらとりあえず友達って言っちゃう系の人だからね!?

なんて口にはできず、めそめそと泣くゆうたの背中をさすってやる。これってセクハラ？　セクハラだって訴えられないよね？

……ゆうたちゃん、思ったより体温高いんだなぁ。温かさが手から伝わって……あ、これはセクハラですね。

「ふへ……温かい、です……」

手を止めようとしたが、ゆうたが身を丸めながらも、体を預けてきたので、なんだかなぁと思いつつ継続する。

それから暫くして、泣き疲れたゆうたはスヤスヤと眠ってしまった。おあつらえ向きに保健室での出来事だ、彼女をそのままベッドに寝かして……と。

「こいつ、いつの間に……!?」

いつの間にか制服の裾を摑まれていた。力強く握られているせいで、引き剝がせば彼女も起きてしまうかもしれない。

「はぁ……まぁ、いっか」

気持ちよさそうに眠る彼女を起こすのは流石に俺でも憚《はばか》られる。結局彼女が本格的に眠りに入って握力が緩むまでの数十分、スマホを弄《いじ》って時間を潰した。

そんな、何とも奇妙な友達ができた瞬間だった。

モブはただ見守るのみ

香月怜南《かづきれな》は1年生ながらに陸上部のエースを張る天才少女だ。華奢ながら引き締まった体つきのボーイッシュな少女で、既に陸上界隈では有名なくらいには実力があるらしい。また、そんなスポーツ少女ながらにあどけない整った顔立ちをしていて、男女共からの人気も高い。

俺は陸上に関しては詳しくないが、短距離に秀でていて、中学時代はレコード記録も更新したとか、まるでチーターみたいな奴だ。

が、その裏付けは単純な才能からではなく、圧倒的な努力によるものだという。今日も小雨が降ってきているにも拘わらず、健気にグラウンドを走る香月の姿が生徒指導室から見えた。

生　徒　指　導　室　か　ら　見　え　た　。

うん、「また」なんだ。済まない。

仏の顔もって言うけどね、謝って許してもらえなかった結果がこれだよ！

でも、この導入を見たとき、君は、きっと言葉では言い表せない「新ヒロインへの期待」みたいなものを感じてくれたと思う。殺伐とした世の中で、そういう気持ちを忘れないでほしい。そう思って、この……。

「余所見しているがあるのか?」

「ひえっ」

「こんなにプリントを用意してやったというのに」

悪魔だ、悪魔がいる。世の中どころじゃなく、殺伐とした空間がこの小さな生徒指導室内に形成されちゃってる！

「あの、ですね。先生？　学校とは学ぶ場ですよ。ベルトコンベアみたいに流れてくるプリントを消化するだけなんて人のやることじゃない……」

「その学びを放棄して後輩女子と延々雑談に興じていたのはどこの誰だったかな」

「俺ですっ！　すみませんっ！」

そう、俺は今ペナルティ中だ。ゆうたと雑談していたことがサボりと見做《みな》され、弁解の余地もなく、プリント処理という内職（無給）を強制されているのだ。しかし、何故この人は笑顔でこれほどの圧を出せるんだろう。

俺の前、山のように積まれたプリント越しに見える担任が動く気配はない。生徒会長との対比では女神のように思えた方だったが単品だとただの悪魔でしかない。比べられた相手が良かっただけだ。

「それにしても、随分と色とりどりというか、先生の担当は国語だけじゃなかったんですかね……」

今回積まれているプリントはあらゆる教科を盛り込んだスペシャルな仕様になっていた。とても先生だけの力によるものとは思えない。何か目に見えない圧力のようなものを感じる。

「当然、他の先生方にも協力してもらった。我が校で授業をサボる生徒など珍しいからなぁ。皆張り切っていたぞ」

「そこにかけるエネルギー何⁉　しかも明らかに前回から再発予想してますよね⁉」

「おい、プリントしろよ」

すっかりプリンストと化した先生が鋭い眼光を向けてきた。

「でも、先生。ずっと見張ってても仕事に影響出るんじゃ……」

「仕事は持ってきた」

そう言って先生が対面の机に置いたのはノートＰＣだった。この人、この場で俺を監視するつもりだ……！

「お前はすぐサボるからな。また残業がどうのとかいって教頭からどやされてもたまらん」

この間あんた帰ってたでしょうに！

「柵木、お前はやればできるんだからさっさと終わらせろ。それでサボった先の先生方へのアピールになると思えば安いものだろう？」

「も、もしかして補習が帳消しに……」

「なるかもな」

「先生！　俺やります！」

「私の分の補習は帳消しにはせんが」

ズコーッ！　ズコーッだよ！　なんで帳消しにならないんだよ！　むしろあんたが担任なんだから優先して便宜を図ってくれよ！

「夏休み、生徒がいない高校にいるのは退屈でなぁ。ハハハ、休みも生徒といたい、まさに生徒バカというやつかな？　教師の鑑《かがみ》だな、私は」

「そんな個人的な理由で生徒の夏休み潰そうってんですか、先生」

「なぁに、たった1週間程度だろう？」

「国語だけで1週間も!?」

「しっかり受験対策もしてやるさ」

無駄に手厚い!!

「まぁ、でも先生ほどの美人と二人きりで過ごせると思ったら役得かぁ。アッ、ヤッヴェッ、オモワズ、ココロノコエガ、デチッタヨォー」

「死にたいらしいな」

「冗談ですよ。息が詰まりそうなんです。小粋なジョークの一つでも言って誤魔化さないと気が済まない。ええ、はっきり言わせてもらいますがねぇ！　この環境は健全な男子高校生には毒なんです！　軽口を叩いて、普段はクールでカッコいい先生の、照れた乙女っぽく可愛らしい姿を見てみたいと思うことの何が悪い！」

「教師に欲情するな、サル」

オーマイガー！　ノリで喋るとろくなことがないと知りつつも、やはりこの教師相手ではマイナスしかない。だから結婚できないんだよ！

だが、効いている。しめしめ、この俺様には先生の心の動きがハッキリと読めるぜぇ。

もしも俺が快人のようなラブコメ主人公であればここで先生を口説き落とし、夜の（正確には夕方の）個人レッスンへともつれ込ませるのだろうけれど、生憎《あいにく》俺は盛りのついた親友モブ。できることと言えば……

「でもですね、先生。先生とこの狭い部屋に二人きりって思うと、落ち着かないっていうか、ドキがムネムネっていうか、なんかこう、思春期ならではのムラムラが溢れ出るんです！　チョコレートファウンテンのチョコみたいに!!」

俺が途轍《とてつ》もない性の化け物だと思わせて、ひたすら引かせて逃げ出させるプラス補習も敬遠させるということくらいさぁああああ!!　あー、しにたい。

「……」

俺の決死のすてみタックルに対し、先生は無だった。……先生の感情が……消えた……？

「はっ、危ない危ない。私が教師でお前が生徒でなかったら撲殺しているところだった」

「ひえっ」

「いいから手を動かせ。くだらない作戦は私には効かん」

なんでバレてるの!?

「作戦だなんて、ははは、何言ってんだか」

「こんな……を口説いたところで後で後悔するだけだ」

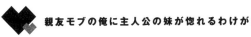

いや、ボソッと言っているけど聞こえているからね。年増って自分で言って傷つくのやめて！

「べ、別に先生まだお若いじゃないですか。アラサーなんて言ったってピチピチの20代でしょ？全然チャンスありますって！」

「お前に分かるか？　高校、大学の知人から披露宴の招待状が届く気持ちが。周囲から独身が減っていき友人の大半が既婚者になっていく孤独感が！　『香純《かすみ》はいいよね、独身だし、一人暮らしだし、自由で』と言われる屈辱がぁあああ!!」

「ごめんなさいっ！　本当にごめんなさいいいいいっ!!」

闇が！　闇が深いよ！　取り込まれるぅううう!!?

「はぁ……はぁ……、分かったら、さっさと終わらせろ。そして私に自由な時間をくれ」

「了解ですっ!!」

こんなことで出会いがない責任を押し付けられてはたまらない。

教訓、「結婚は人生の墓場」などというけれど、世の中には墓にも入れず路上で野垂れ死に風化を待つ存在もある。

とはいえ、先生レベルだったら外見だけでも引く手数多《あまた》だろうし、俺があと10歳も年を取っていれば、いや取っておらずとも普通に憧れるカッコよさがあるのだが……ああ、カッコいいから駄目なのか。男だとコンプレックス感じちゃうもんね。守ってあげるんじゃなくて守られちゃうもんね。そのくせこういうタイプは守ってほしいとかどこかで思ってるんだ。面倒臭いね。

そんなこんなで、結局上乗せに上乗せを重ねたイケイケ感たっぷりのプリントトラッシュをなんとか終え、生徒指導室から解放された頃にはもう日が暮れていた。俺こんなのばっかじゃない？　早く「叱られ→プリント地獄」の円環から脱出したいナリよ。

　そもそも、あれもこれも全部ゆうたのせいだ。あいつの甘言に乗せられていなければ今頃……なにか特別用事があったわけでもないけど。あーあ、今日はさっさと帰ってさっさと寝よう。

「ん？」

　とぼとぼと家に向かって商店街を歩いていると前方に見慣れた人物が見えた。見間違えるわけもない、あの柔和な雰囲気のイケメンは……。

「快人？」

　そうだ、綾瀬快人だ。隣には古藤もいる。快人の手に提げられたビニール袋を見るにどうやら買い物の帰りのようだが……。

　ピッカーン！　椚木君気が付いちゃったよ！　こいつはもしやデート中というやつでは!?

　いやぁ、流石《さすが》は快人、俺のいないところでもしっかりとヒロインとのラブアンドラブなイベントを消化しているようだ。これは地味に嬉しく、ちょっぴり寂しい、そんな発見だぜ。

　しかし、妹が家に引きこもっているのにお兄ちゃんが遊んでいるのはどうなんだろう。

「うーん、快人がシスコンなのは間違いないと思ってたが意外と放任主義なのか？」

　快人、それはまずくない？　今時腹黒ラブコメ主人公なんて風当たり強いんだから。脇役のフリしたシンノサイキョーシュジンコーみたいな奴が現れて人気もヒロインも持っていかれてしまうかもしれない。そうなると本来主人公だった快人は一気に噛ませ犬に転落、ついでに言ってしまえばその親友ポジの俺は完全に無と化してしまう。

俺が無能としてボロクソに叩かれて終わりならまだましだが、変な形でフォーカスされて逆に一目置かれるなんていうのは本当に駄目。恥ずかしすぎる。ああいうので調子に乗っている親友キャラは親友キャラとしてのプライドがないのだろう。お父さんは認めませんよ！

「うーん、これくらいでいいかなぁ？」

「ああ、十分だろ」

というわけで、俺は仲睦まじく歩く快人と古藤をストーキングしていた。どういうわけだと思ったテレビの向こうの君、いい質問ですね。

いいかい？ 俺には親友として、主人公である快人が誤った道に進んでいる場合修正してやる義務があるのだ。今のところナイスカップリング反応を出している二人だが、物騒な世の中だ、何が起きるかなんて分かったもんじゃない。

なぁに、俺はストーキングの鬼と呼ばれた男だ。この間は桐生とエンカウントをしたが、流石にこんな時間には妨害も入らないだろうし……。

――ブーッ、ブーッ
「ん？」

言ってる傍からポケットのスマホが震える。だが甘い！ 俺は常時マナーモードにしている系男子。尾行が着信音でバレるというベタな展開は起こり得ないのだよ！

画面を確認すると電話の着信は例のあの子からのものだった。……出るかどうか一瞬迷ったが、難癖をつけられてもたまらないので、仕方なく出た。仕方なくなんだからね！

「もしもし」

『こんばんは……先輩』

「おう、なんか暗くない？」

電話の主、綾瀬光の声がどこか弱々しかった。

『ちょっと、疲れることがありまして……』

「疲れてるんなら電話してこなくてもいいぞ。俺も俺で忙しいしな！」

『いえ、私のアイデンティティですから。学校に行かない分しっかりこういうところで存在感を出さないと……』

なぜかそう意地を張る綾瀬。勝手に変なアイデンティティを持たないでほしい。そもそも存在感を出すためにって言っても、電話じゃ俺にしか存在感出せてないから。親友キャラである俺相手に存在感を出しても俺目線のスピンオフ作品にちょこっと出演する程度の利益しか与えられませんよ？　さらに言ってしまえばね、俺は親友キャラの中でも地位の低い親友モブだからスピンオフなんて出ない出ない出ない。

『それに昨日のこともありますし』

「昨日？　なんかあったのか？」

『ああ……やっぱり覚えてない……』

拗《す》ねたような声色を出す綾瀬。自分だけ分かった気になるのは悟り世代の悪い癖だ。

『昨日も電話しましたよね』

「そう……だったっけ」

『なのに先輩、あーだの、うーだのゾンビみたいな呻《うめ》き声ばかりあげてろくに会話にならなかったんですよ。もう私ストレスで死ぬかと思いました』

「あー、そりゃ悪かったなぁ」

一日中惰眠を貪った俺はきっと寝ぼけた頭で対応したんでしょうね。だって記憶がぼやぼやしているもの。こればっかりは安息日に電話をかけてくる綾瀬が悪い。

が、俺は紳士なのでこういう時はすぐに謝る。その方が結果的に早く会話が終わるし、省エネだ。やっぱ俺って目の付け所が鋭利だわ。

「んじゃあ、疲れてる理由ってそれ？」

『いえ違います』

違うのかよ。語気的に随分俺を責めてる感じだったけど。

『実は、紬ちゃんが家に来ていて』

「んん？」

綾瀬の言葉に首をかしげる。これはもしや。

「もしかして、古藤は既にお前の家に来てるのか？」

『はい……って、既に？　どうして先輩が、紬ちゃんが私の家に来ていることを知っているんですか？』

　まさか仕組んだのは先輩ですか？　と疑うような言葉をぶつけられた。信頼度低いな、おい。

「俺は平和主義者だし、あくまで親友モブだ。主人公やヒロインたちの大規模なイベントをプロデュースする度量はない！」

『先輩って偶《たま》に訳の分からないこと言いますよね……』

　電話の向こうで呆れたため息を漏らす主人公の妹。

『でも、どうせなら先輩が絡んでいた方がマシでした。今から合流しませんか？』

「俺がいたって何にもならんぞ」

『紬ちゃんは凄く気を遣ってくるし、兄は兄で、私を元気づけようと気を遣ってくるし、なんかもう、私が二人をもてなしているみたいな感覚なんですよ。先輩だったら私に気を遣ったりしないでしょう？』

「それはお前的にはプラスでも人間的にはマイナスっぽい評価だな」

　普段不登校の人相手にするんだったら普通に気を遣うわ、俺も。

『実際今気を遣っていないじゃないですか』

「まあ、そうだけど」

　綾瀬の場合関わり方が関わり方だし仕方がない。一応学校に来られるように頑張っている（当社比）し、及第点だとは思う。

　しかし、口調は文句を言っているようで、綾瀬の快人達への反応は鬱陶《うっとう》しさ半分、照れくささ

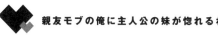

半分という様子で案外まんざらでもなさそうだ。めんどくせっ。

『しかし、先輩が首謀者でないのなら……もしかして先輩、兄と紬ちゃんのことつけてます？』

「え」

『あからさまに動揺した声出しましたね。図星っぽいですね』

いや、なんで分かったコイツ!?　やっぱりエスパーなの!?

『では先輩、やはり合流してください』

「それは無理だー」

『助けると思って！』

「言ったろ、俺も忙しいって」

『どうせやること何もないじゃないですか。帰って寝るだけですよね』

「失礼な奴だね、君は」

ちゃんと寝る前はシャワー浴びる。俺は清潔感とスメハラを何よりも気にする男だ。

「快人や古藤だってお前のこと思ってくれてんだろ。妹が不登校になって気にしない兄貴はいない」

今朝だって随分気にしている様子だったしな。一瞬でも快人を疑った自分をぶん殴りたいぜ。

「快人や古藤のこともそうだし、クラスでのことだって逃げてちゃ何も解決しないぞ」

『流石先輩……私の行きたくない理由、知ってしまったみたいですね……』

流石、という言葉が何故か引っ掛かったが、それよりも話の方が優先だ。

「好木から聞いた。箝口令《かんこうれい》は無駄だったみたいだな」

『箝口令なんて敷いてないですよ。幽ちゃんにも連絡できていないですし』

「あいつ、お前のこと心配して苦しんでるっぽいぞ。俺は人の嘘には敏感な方だが、あいつが嘘をついているようには見えなかった」

『そう……ですか』

「そりゃあ、シカトとかされたらキツいけどさ。学校にはお前の味方もちゃんといるだろ。好木だろ、快人だろ、古藤だろ。それに生徒会の人とか」

『先輩も、ですよね？』

「もちろん」

俺の力は微々たるものだが、それでも綾瀬にとって救いになるならいくらでも手伝うさ。

「ここだけの話だが、もう一つの問題の方も解決策は浮かんでる。昨日一日寝倒したおかげかな」

『え……本当ですか？』

「ああ」

もう一つの問題とは、俺と綾瀬が知り合うことになった原因である変態おじさんの乱のことだ。というか最初から浮かんではいたのだ。ただ、可能かどうか、また俺に覚悟が問われていただけで。けれど、綾瀬を取り巻く環境、学校で起きている状況を考えればあまりぼやぼやしてもいられないだろう。

「まぁ学校の問題は行ってみれば意外とあっさり済むかもしれないぜ。一応うちの高校、進学校で問題児も少ないみたいだし、一過性のもんだろ」

『……少し、考えてみます』

「ああ、是非そうしてくれ……っと、時間切れだな」

『え、先輩？』

俺の目にはちょうど快人と古藤が綾瀬家に入っていくところが映っていた。

「じゃあ、楽しめよー」

『ちょ、先輩！』

はい、切った。ああ見えて快人も古藤も馬鹿じゃない。しっかりと綾瀬のケアはしてくれるだろう。俺は俺でやることをやろう。

スマホのメーラーを起動し、ある奴にメールを打つ。貸しを作るのは嫌な相手だが今回のことに関してはあいつも手伝ってくれるはず。ねちねち嫌味を言われるならいい方、交換条件なんて求められれば面倒だけれど。

メールを送信し、ふと明かりがついている綾瀬家を眺めた。こうして電話をするような関係ももうすぐ終わる。そのことをどこか寂しく感じてしまうのがどうにも情けない。

でも、決めていたことだ。いまさら寂しさがあってもいざとなれば躊躇《ちゅうちょ》はしない。俺の目的はただ一つ。

「快人と光を幸せにする」

ああ、言葉にすると何とも安っぽく、何とも独りよがりな願いだと笑いそうになる。

俺は勝手に誓い、勝手に託し、勝手な期待をした。

快人と知り合ったあの時から、彼らが幸福になりさえすれば、俺がこうしてこの世界で生きている意味が理解できるかもしれないという密かな、淡い望み。けれどもそんな望みが俺を今も生かしてくれている。

モブは暗躍を始める

翌日の朝、普段よりも数十分早い時間に家を出て、学校とは違うある場所に向かう。ある場所なんて勿体ぶっても仕方がないけれど。

目的地に着き、壁に背中を預けて待つこと数分。

「あれ、鋼？」

正面の一軒家から出てきた男が俺を見て目を丸くする。

「おはよう、快人」

「おはよう……って、どうしたんだよ、こんなところで」

「待ってたんだよ、お前と……妹さんを」

そう、わざわざ早起きをして立ち寄ったのは快人の家だ。目的は彼に告げたものと変わらない。ただ、目的の人物は快人しかおらず、綾瀬光の姿はない。

「昨日の話も気になったしな。今日もか？」

「ああ、気を遣わせてごめんな。行こうと準備はしていたみたいなんだけど、やっぱりって

……」

「そっか」

「呼ぶ？」

「いや、いい。無理強いするのも良くないし、それに久しぶりに親友と登校時間に親交を深めるのも悪くない」

そう言って快人に肩を組み、引っ張るように歩き出す。快人は強引な俺に慌てたようだったが、特に抵抗はしなかった。

綾瀬光が出てこないというのは、ある種想定済みだ。俺の目的は彼女が学校に来るかどうかを確認することで、別に彼女が今日学校に来なければ来ないで仕方ないとも思っていた。

むしろ、来ない方が好都合かもしれない。

「あ、快人！　って、くぬぎっちも？　珍しいね」

少し歩き出したところで、トテトテと足音を鳴らし、古藤がやってきた。流石《さすが》ご近所さん。

「おはよう紬。鋼のやつ、光のことを心配して待っててくれたんだよ」

「へー、くぬぎっち、たまにはいいとこあるじゃん！」

「俺は基本いい奴だ」

適当に挨拶を交わし、歩き出した俺たちだったが、暫《しばら》く歩くと古藤が足を止めた。それに合わせて俺と快人も止まる。

「紬、誰か待ってるのか？」

事もなげにそう聞く快人。仮に男を待ってたらどうすんだろ……古藤に限ってそれはないと思うけど。

「えっとね、友達を……って、来た！　おーい！」

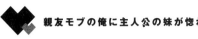

遠くに向かって大きく手を振る古藤。つられてそちらを見ると、一人の女生徒がこっちの方に向かって歩いてきていた。ちょうど古藤の挨拶におずおずと手を上げて応えようとしていたが、俺と目が合うと、怪訝《けげん》そうな表情を浮かべ、手も引っ込める。

「え、どういう状況？」

そう思わず聞いたのは俺だ。快人は苦笑して「そういうことかぁ」などと納得しているようだった。古藤は何故かドヤ顔を浮かべ、平均的ながらに膨らんだ胸を張っていた。

「おはよっ、鏡花ちゃん！」

「おはよう、古藤さん……、どうして貴方もいるの？」

古藤のお友達、桐生鏡花ちゃんは古藤への挨拶もほどほどに、すぐさま俺を標的にしてきた。

「それは俺も聞きたいんだけど。何？　古藤と待ち合わせしてたの？」

「そーだよっ！」

桐生の代わりに答えたのは古藤だった。確かに昨日の朝、突然和解したみたいだったけれど、まさか待ち合わせて学校に行くほどにまで仲が良くなっていたとは。あのグーの古藤とパーの桐生がまるで友人のようになるなんて……感動しておじちゃん涙が出ちゃうよ。

「快人は知ってたのか？」

「まあね」

どうやら快人には話が通っていたらしい。俺だけ仲間外れかよ、と思ったがよくよく考えれば俺がここにいることの方がイレギュラーなんだ。むしろヒロインに挟まれて登校という状況を考えれば俺がいない方が良かった可能性が巨レ存……？

「やっぱり、光ちゃん来てないんだ……」

実際、ぽつりとそう漏らした古藤は、快人の肩越しに誰もいない場所を見ていた。

「もうちょっと時間がかかりそうなんだ」

「そっか」

流石は昨日二人で綾瀬妹をケアしていただけのこともあり、会話は必要最低限で済んでしまう。おかげで、状況を把握していないのはこの場にいるもう一人、

「何の話？」

桐生だけだった。桐生は僅《わず》かに首を傾げつつ、明らかに俺に話を振ってくる。

「色々あんだよ」

「……そう」

さして興味がないのか、考えても仕方がないと判断したのか、大して食いつきもせずに会話を切り上げる桐生。そんな反応なら聞いてくるなよ……。

流石の俺も「親友の妹が引きこもってて大変！」なんて吹聴する趣味はない。おそらく彼女にそのことを伝える奴がいるとすれば、一日の友である古藤になるだろう。彼女が伝えていないなら、表向きあまり綾瀬光に関わっていないとされる俺が伝える必要はない。

「それじゃあ、嚶鳴高校に向かってレッツラゴー！」

気を取り直して音頭を取った古藤に続き、俺たちも学校に向かって歩き出す。当初の予定通り、

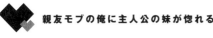

古藤と桐生が話しながら先を進み、俺と快人が後ろに続くという構図になった。

「なんか新鮮だなぁ……」

「紬と鏡花のこと?」

「ああ。つい最近まで古藤の方が桐生を警戒してた感じだったろ?」

「そうだよなぁ。でも和解したみたいで良かった」

「それは同意見だ」

胸の差に打ちひしがれる古藤なんて見ていて気持ちのいいもんじゃなかったしな。人それぞれ良さがあるよ、それぞれ。

でも、古藤の心境の変化は何故だろう。彼女が桐生のことを苦手というか、大げさに言えば嫌っていたのは、おそらく快人のせいだ。快人に桐生が想いを寄せていると思っていたから警戒していたというのが俺の見立てだ。そうなると煽《あお》っていた俺のせいでもあるけどそこは一旦置いといて。

古藤は桐生の他にも、陸上部1年の香月だったり、生徒会長にも同様に警戒しているようだった。やはり嫉妬の大罪だわ。流石にヤンのデレではないと信じたい。

ただ、その古藤のマークが桐生から外れた理由が今一分からない。こうして後ろから眺めていると、古藤の方から積極的に桐生との距離を詰めようとしているようで、逆に桐生が押されている。

「……女の子ってのは分からないねぇ」

「女心と秋の空なんて言うしな」

しみじみと呟いた俺に、呑気に被せてくる快人。俺たちの気持ちは殆ど一緒だった。特に快人は古藤と桐生の間が上手くいっていないことを懸念していただろうし。基本的に快人は闘争を好まない平和主義者なのだ。

でもなぁ、快人。「女心と秋の空」は元々は「男心と秋の空」だったんだぜ。前者は感情全般を揶揄《やゆ》した表現として派生したもので、後者が原語、それは男の愛情ってコロコロ変わるよねみたいなニュアンスだという。これは先生のプリントをアホみたいに解いたおかげで身についたマメチである。多分テストには出ない。

ただ、ラブコメのハーレム主人公にこれほど似合う言葉もないだろう。

とはいえ、俺はたとえハーレム主人公であっても、やっぱり最終的には一人を選ぶべきだと思ってる。現状ヒロイン候補は4……桐生を外したら3人、これ以上増えるかもしれないけれど、今は思う存分迷ってくれていい。

でも、もし快人が誰か一人を選んだのなら、俺はそれを全力でバックアップするつもりだ。もちろん、その相手が快人にとっていい相手かどうかを精査した上でだが。

それこそが俺がここにいる理由だからな。

学校に着いて、そのまま4人で適当に話しながら始業を待ち、そして授業が始まればそれぞれ自席で教師のスピーチを静聴する。

一クラス30名ちょこっとの生徒が一堂に会していても基本的に勉強はソロ競技。自分のことは自分で何とかしなければならないという孤独な戦いだ。単語の暗記や複雑な計算の作業分担はできない。授業を聞かずに誰かからノートを見せてもらうことはできるが、その効率の悪さたるやいなや……。

自習と授業は違うのだ。いくらプリントやドリルで問題をこなしても授業への対策になるかといえば違う。授業、そしてテストは教師との対話みたいなもので、ただ知識を詰め込むのとは違う煩わしさがある。

つまり何が言いたいかというと、俺にとって授業は退屈なものだということだ。いくらプリントを山ほど解き、内容が理解できても、教室にできた空気には居心地の悪い何かがつきまとう。内容とは違う何か違和感を覚えずにはいられない。

きっと、これから綾瀬も感じるであろう感覚だ。数日、飛ばし飛ばしでサボっている俺に対して、彼女はもう1週間ほど経つ。しかもその欠席の原因がクラスにあるのだから、仮に登校したとしても感じる違和感や居心地の悪さは俺よりもよっぽど大きいだろう。

「はぁ……」

「随分と大きいため息だな、椚木」

頬杖をついて思いっくそため息をついた瞬間、傍らに担任がいた。……そういえば今は古文の時間だった。考え事に没頭し過ぎてそんな事にも今気が付いたよ。

クラス中の視線が集中し、どうにも居心地が悪い。このまま衆人環視の下で怒られるのも嫌だし……よし、ここは奥の手だ！（最初の手でもある）

「ア、イタタ、オナカガァー」

「……」

痛い！　先生の刺すような視線が痛い！　ええい！　ならばこそ、なりふり構ってはいられない！

――グギュルルルルルル！

クラス中に鳴り響く異音。俺のお腹という楽器から奏でられたメロディ。それは余韻も伴って教室内に響き渡った。木霊《こだま》でしょうか？　いいえ、誰でも。

これぞ、椚木鋼の持つ三つの奥義のうちの一つ、「腹鳴」。文字通りお腹の音を鳴らす技だ。

「だ、大丈夫か？」

そのあまりに盛大な音に、クールながらに生徒思いの担任は焦ったように顔色を窺ってきた。チャンスだ！

「その、すみません。トイレに行ってきても……」

「ああ、分かった」

勝利！　先生からの許可を受け、教室から逃げ出す口実を手に入れた。しかし失ったものも大きかったらしい。異常すぎる音のせいでクラスの半分以上は俺が実際に漏らしたと勘違いしたよぅで、特に女子は鼻を押さえたり、侮蔑を込めた表情を向けてきていた。えんがちょ……。

いいもん。別にいいもん。実際漏らしてねぇし！


今は3限、時間で言えば11時。昼休みまで1時間と少しある。

「トイレの後、腹痛が治らなかったから保健室に行ったたってことにしてっと」

あっさりとサボることを決め込み、その足で向かった先はもちろんトイレではなく、1年の教室だった。後方扉の窓からこそっと中を覗くと当たりだったようで、よく目立つチビッ子が黒板に向かっているのを発見した。多くの生徒で席が埋まっている中、一席だけ空席があった。おそらくあれが綾瀬の席だ。

綾瀬がいなくても授業は滞りなく続く。所詮この世は弱肉強食。ついてこられなければ切り捨てるという非常な現実だ。まぁ、一人のために他が犠牲になるというのも違うし、正しいことだと思う。

「さてさて、うわさのリーダーはっと……」

一人、それっぽいのがいる。髪を染めた女生徒だ。後ろ姿だし全貌が見えるわけではないが、制服も改造しているようだ。いかにもなイケてる感を出しているギャル。この真面目な嚶鳴では珍しいタイプだ。流石リーダー的存在。あっし、読モやってんすよ～とか言い出しそう。

珍しい存在だが、多分女子同士なら眩《まぶ》しく映り、憧れの存在にもなるのだろう。確かにシンパは多そうだ。声もデカそう。

念のため確認でゆうたにメールを打ってみたが、彼女に反応はなかった。今も真面目に黒板の内容をノートに書き写している。この真面目ちゃんめ。聞くところによるとゆうたも綾瀬に次ぐ成績上位者らしいが、俺はこれは流石に嘘だと睨んでいる。あのバカっぽいバカよりもバカが溢れ返っているとなればこの国は終わりだ。

まあ、十中八九、ターゲットはあのギャルだろうし、今は顔さえ判別できればそれでいい。こんなところでいつまでも教室の中を窺っていても意味はないし、さっさと次の目的地に行くことにしよう。今の気分はおつかいクエストに勤しむ動物村唯一の人間って感じだぜ。

そして、このタイミング！　俺は椚木鋼の持つ三つの奥義の二つ目、「抜き足差し足」を発動！地味？　それはどうかな。俺の抜き足差し足は人間国宝級だぜ！　その速さと無音の絶妙なバランスが奏でるハーモニーは天にも昇るレベルと美食家も舌を唸《うな》らすレベルだぜぇ!?

行け、風の如く。闇に紛れて（昼）。

数分駆け抜けた先、教室とは別サイドの部室が集まる箇所、そこに目的の部屋はあった。ドアを手の甲で数度叩くと、「どうぞ」と、女性の声が中から聞こえ、そのまま入室する。

室内は明らかに他の部屋とは様子が違った。向かい合うように並べられた長テーブルは一般的なものだが、上座に置かれた大きく高級感のあるデスクと、そこに置かれた最新のデスクトップパソコンは明らかに学生用のものとは思えない。

「どうしましたの？　突っ立ってないで早く入りなさいな」

授業中にも拘わらず、その上座に座っていた金髪美女がつまらなそうに声をかけてきた。つい昨日食堂でバトった、命蓮寺蓮華生徒会長様である。

そう、ここは生徒会室。彼女と、そして綾瀬が通う俺のような一般生徒には縁遠い部屋だ。

俺は顔を歪めつつ、最も近くにあった椅子に座った。

「授業出なくていいんすか。生徒の模範となる身でしょうに」

「許可は貰っていますわ」

誰の、なんて聞く必要はないだろう。こいつに逆らえる奴がこの高校にいないことなんて、この特別感溢れる部屋を見ても明らかだ。それを改めて彼女の口を通して聞いたところで余計げんなりするだけに決まっている。

ここはさっさと用事を済ますに限るな。

「昨日送ったメールについてですけど」

「その前にその気持ちの悪い敬語を取りませんこと？」

「……だったら、アンタもその気色の悪い、いかにもなお嬢様口調をやめてくださいよ」

「アラ、結構評判いいんですわよ」

愉快そうに笑う彼女。その笑顔もどう見ても作り物だ。

「では、互いの希望通りにするということでどうでしょうか」

そう言ったのは彼女の方だった。先の作ったような笑顔とは違う、まるで別人にすり替わったかのような自然で無邪気な笑顔。

「私たちが出会った時のように。それでいいですね、鋼？」

「……ああ、分かった。蓮華」

脱力するように両足を伸ばし、感情も碌《ろく》に込めずに投げやりな返事をする。そんな俺を見て彼女、蓮華はやはり楽しそうに微笑んでいた。

天敵

俺には少々特殊な経歴がある。それこそ100人に言えば100人が信じない、そんな特殊な経歴が。桐生に打ち明けた記憶喪失のことだって、その経歴に深く関わる内容で、それこそ俺は殆どの人にその話をしたことはない。

ただ、数人、ほんの僅《わず》かな人だけが知っている。命蓮寺蓮華、彼女はその一人であり、俺がこの世界で初めて会話をした相手だった。

長い間一家全員行方不明とされていた俺が警察に保護された後、身元引受人として現れたのが彼女の父。そしてその付き添いで来たのが彼女だった。

彼女たちに会う前に警察との受け答えはあったものの、それは会話と呼べるような代物じゃない。質問を受けて身元を明らかにするためのシートを埋めていくだけの作業だ。だから、初めてちゃんと会話を交わした相手となるとやはり彼女になるのだろう。

彼女の父が警察の人間と書類のやり取りをしている間、待合室で彼女は俺を気遣うように優しく語りかけてきた。

「私のこと、覚えていますか？　命蓮寺蓮華です」

「……覚えていない」

「そう、ですよね。もう最後に会ったのは10年くらい前のことですから。私も一目見た時には鋼くんだって分かりませんでしたし」

少し寂しそうに微笑む彼女を俺はただボーっと眺めていた。

「でもいいですか、鋼くん。今日から私たちは家族になるんですよ」

「家族……？　他人は家族にはなれない」

「他人なんかじゃないですよ」

蓮華は俺を優しく抱きしめながら言った。

「ほんの少しですが、同じ血が流れています。なんたって私たちははとこですから」

「はとこ？」

「イクラと鱈《たら》の関係です」

「え？」

彼女の言い分がよく理解できず、首を傾げる俺。彼女の言っていることが理解できたのはそれから暫《しばら》く月日が流れてからのことになるのだが。

「蓮華」

「お父様。もういいのですか？」

「ああ。覚えていないかもしれないが、久しぶりだな、鋼君。命蓮寺公輝《みょうれんじごうき》だ。君にとっては従叔父《いとこおじ》となる」

蓮華の父、公輝さんは随分と強面《こわもて》の、威圧感のある男だった。

「君の父、和弘《かずひろ》とはそれなりに懇意にしていてな。君たち家族が行方不明になってから、今日まですっと探していたんだ」

だが、威圧感の奥底に優しさが見えた。だからこそ信頼のできる相手に思えた。

「和弘は、伊織《いおり》さんはどうした？」

その追及に、俺を背中から抱きしめていた蓮華の腕に力がこもる。おそらく父の圧から守ろうとしているのだろうけど、俺にとって公輝さんは恐怖の対象にはならなかった。真っ直ぐ見返すと、彼はその様子に僅かに驚くように目を細めた。

「和弘と、伊織というのが、俺の両親の名前ですか」

「……何？」

「両親なら死にましたよ、二人とも」

淡々と、そう告げる。実際俺はなんとも思っていなかったのだ。実際に両親の遺体を見ても。

「一体、何があった……君たち、家族に」

その質問に、俺はこれまで……とはいえ、俺が生まれてからはたった数年しか経っていないから、それ以前はあくまで記憶頼りになりつつも、伝えた。

俺が、俺たち家族が所謂《いわゆる》異世界に飛ばされ、血を血で洗う凄惨な日々を過ごしていたことを。

その中で両親も死んだということを。

今では分かるその異常さも、当時の俺はただ受け入れていた。自分の犯した罪と、そして与えられなかった罰にただただ心を蝕《むしば》まれながら。


当然、そんな話を聞いて公輝さんも蓮華も大きく動揺していた。

「作り話……ではないのだな？」

「この世界では常識的なことではないんですね」

「創作物の中ではよくありますけど……」

重々しく呟く公輝さんと、震える蓮華。そんな二人の反応を見て話したことを後悔した。そりゃあ警察相手に軽く話した時も頭がおかしいといった反応をされたわけだと。

しかし、この二人においては疑うというような仕草は見せなかった。

「信じるんですか」

「君が嘘をついているようには見えないからな」

「鋼君……そんなにつらい思いを……」

思いの外優しい公輝さんの言葉と、蓮華の涙に困惑していた俺の頭に、公輝さんの大きな手が置かれた。

「鋼、もう大丈夫だ。君は私が守る。和弘と伊織さんの分まで」

「守る……」

「もちろん私も守ります！」

温かい。そう知覚しても、それを受け入れていいのか俺には分からなかった。

俺の手は血で汚れている。そんな俺に、この温かさを受け入れる権利なんて、そんな価値はないのに。

ただ、そんなことを言えばこの親子は心配するだろう。変に困らせるだけだ。だから、俺は受け入れたと見せるように頰の端を吊り上げて応えた。

❤
❤
❤

あの時と変わらない、温かい笑顔を向けてくる蓮華に俺は何とも言えない懐かしさと、罪悪感を抱いていた。

彼女は俺の家族だった。彼女は俺を救ってくれた。けれど、そんな彼女に俺は……。

「昨日送ったメール、もう調べはついているんだよな」

「ええ」

臓腑に渦巻くような黒々とした苦みを抑え込みながら、俺は淡々と告げた。蓮華はそんなことにも気が付いているのだろう、優しく微笑み返してくる。

昔通りなどと言っても、俺は蓮華と出会った頃とは違う。彼女をはじめ、この世界の人間と関わる中で、俺は人になれた。

けれど、こうして〝蓮華〟を前にすると今の俺ではない、彼女といた頃の自分が出てきそうになる。本当の俺の姿が、明るい自分ではない、この俺だと主張するように。

「光さんが学校に来られなくなった原因は、生徒会の中にありました」

昨日送ったメールは、綾瀬光を取り巻くしがらみについて調べてほしいという依頼を書いたものだった。彼女の顔を見るに、どうやら調査は終わっているらしい。

「光さんは優秀で、この生徒会の中でも存在感がありましたから……村田誠司《むらたせいじ》君のことは知っていますか？」

「生徒会の2年生だろ。クラスは違うけど、眉目秀麗と人気が高い男子生徒だ」

とはいえ、昨年の入試1位は桐生だったため、生徒会に入ったのは今年から。生徒会は全校生徒の前で紹介をされるから、それくらいは覚えているし、噂も聞いている。

「彼が光さんに好意を寄せていて、それを知った同じクラスの三倉佳奈子《みくらかなこ》さんが嫉妬して、嫌がらせを始めたと」

「……どうしてそうなる」

「三倉さんは村田君の幼馴染ですから」

「へぇ……つまり三倉佳奈子は村田誠司が好きだと」

「そうです」

これが戯曲の中だったら、そうは問屋が卸さないと新しい展開が用意されるのだろうが、そんな超展開は待っておらず、額面通り、くだらない嫉妬で三倉佳奈子は綾瀬光に嫌がらせをしたらしい。

「だったら簡単だな。三倉を糾弾して吊し上げればいい。相手は……そうだな、村田本人が適任か」

「そうなったら、今度は三倉さんがいじめに遭うかもしれませんね」

「どうでもいいよ。因果応報って言葉がある。悪いことをすれば自分に返ってくるもんさ」

綾瀬光と、まぁおまけで三好幽、彼女らに悪影響がなければひとまず問題はないしな。

「そうですか。生徒会長としては何とも言いがたい話ですが」

「生徒会長ね。実際、綾瀬のことはどれくらい把握してたんだ？」

「……なんとなくは。光さんの性格を考えると、無視程度で学校に来なくなるなんていうことは考えられませんでしたから。今回の欠席続きも、他に何かあったのかと思って」

何か知っていますか？　と聞いてくる蓮華。俺が何か掴んでいると思っていつつも詳細は知らないらしい。これは俺と綾瀬が口外しなければ広がりようのない話だ。

「それは問題ない」

「……そうですか」

具体的なことには踏み込んでこない。

蓮華はある程度俺の事情を知っている相手だ。俺が快人と光に執着している直接の理由は伝えていないが、そこに辿り着くための判断材料は十分有しているし、彼女なら辿り着くことはそう難しいことじゃない。だからこそ、ここでの追及も余計でしかないと悟っている。

「それでは村田君には私から手を打っておきましょう」

「悪い」

俺は村田とは殆ど面識はないし、蓮華であれば、生徒会長という立場を存分に利用して村田を理想的に煽《あお》ってくれるだろう。

「構いません。綾瀬兄妹は私にとって希望ですから」

「希望？」

「近親愛って素敵じゃありませんか？　自分と同じ血を分け合うものに惹かれるというのは種の多様性を求めるという生物の原理さえ超越した愛の形だと」

こわ……。

「そ、そうだな」

「アニメでもよく描かれていますしね」

「アニメを基準にするな、このオタク！」

「それは褒め言葉ですよ、鋼」

そういうところは本当に変わっていない。普段の生徒会長、命蓮寺蓮華が見せることはないだろうけど。

「じゃ、じゃあ俺はこれで」

「待ってください」

チャイムが鳴る。3限の終わりを告げるものだが、昼休みでもない限り生徒会役員も生徒会室には近づいてはこないだろう。

「もう少し……そうですね、1時間ほど話しませんか？」

「このまま昼休みまでお前に付き合えって？　知ってるだろ、俺は生徒会長様が嫌いなんだ」

「ですが、ここにいるのはかつての私たち、そうでしょう？」

「この部屋から出るまではそれに付き合えって？」

「そういうことです」

「分かったよ……お前には今回迷惑をかけるし」

一度は浮いた尻を再度椅子に押し付け、俺は脱力するようにため息を吐いた。


4限のチャイムが遠くで鳴った。思えば、生徒会室で美人な生徒会長と二人きりなんて男子高校生なら憧れそうなシチュエーションだ。当の本人である俺の気は重いが。

実際、もう目的は全て済んでいる。これ以上蓮華といても、過去のことを思い出すばかりだ。


俺にとって、この世界に来て1年ほどの記憶はイコール蓮華と過ごした思い出に他ならない。

蓮華は俺が命蓮寺家に引き取られてから、廃人同然だった俺に甲斐甲斐しく世話を焼き、俺の心の壁を母性と男気を二重螺旋《らせん》に織り込んだドリルでぶち壊し、無理やり人間にしてくれた。

よく笑い、よく泣き、すぐ怒り、すぐ拗《す》ねる……外ではしっかり者と呼ばれていたらしいが、その反動か家ではダラダラ……というかべったりくっついてきて、好きなアニメを片っ端から見せて洗脳してきて。

俺もそんな彼女に次第に心を開き、過去のこと、俺の罪を、苦しみを少しずつ打ち明けて……

けれど蓮華は全て受け止めようとしてくれた。

もしも俺がこの世界で育った、何も汚れていない普通の人間だったなら、きっとこの学校の男子同様に、彼女に憧れ、恋をしたのだろう。

けれど……俺は後悔している。俺の罪を、罰を、彼女に少しでも押し付けようとしたことを。関係のない彼女を巻き込もうとしたことを。それで俺は、蓮華の元を離れたのだから。

「鋼？」

不意に声をかけられ顔を上げると、蓮華が正面、向かい側に移動してきていて、俺は先ほどまでの鬱屈とした思考を頭の隅に追いやった。

「いや、なんでも……ってか」

……どうでもいいけれど、蓮華の胸が長テーブルにお乗りになっている。

「てか？　なんです？」

「あ、いや……」

古藤がグー、桐生がパーなら、蓮華はチョキ、天を衝《つ》くお胸様だ。いや、天を衝くことはないだろうけど、もうミサイル的な感じだ。デカい、凄い、エロいの三拍子が揃ったお胸様である。イギリスの血を引くハーフなだけのことはある。……ん？　こう並べると古藤は蓮華に勝っていることになるんじゃ……？　ま、まぁ、小さくてもね。好きな人はいるよ、多分。そう思うことにしよう。誰にも勝てないのは寂しいもんな……。

彼女のナチュラルな金髪と、青い瞳はそれに由来する。最初会った時は、元々俺がカラフルな

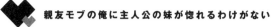

色の髪や目の人間が多い環境にいたから特に気にはならなかったけれど、黒髪黒目の量産型日本人が蔓延《はびこ》るここら一帯では彼女みたいな存在はとにかく目立つし、特別感がある。ちなみに彼女の母親も凄い……というかすんごい。おっぱいすんごい。

「鋼、何か変なことを考えていませんか？」

「まさか。至極真っ当なことを考えている」

「どんなことでしょうか」

「そんなことより」

流石《さすが》に口に出すと引かれる……ならまだいいが、蓮華の場合は勝手が違ってくるため、話を逸らした。

「この部屋はチャイムが鳴らないんだな」

「ええ、切っていますから」

「切れるもんなのかよ……って、それも会長権限か」

「はい」

この学校は生徒会長をどれだけ優遇しているんだ……と思うところだが、当然優遇されているのは彼女が命蓮寺蓮華だからだ。世界でも有数の巨大グループである命蓮寺グループの仕事を既にいくつか手伝っているというモンスター高校生。当然高校レベルの学業であれば満点を叩き出すことさえ容易《たやす》い。俺がこの世界で出会ってきた中で文句なしの一番の天才だろう。

そんな彼女が生徒会長を務めているというだけで学校の評価は上がる。上も変に拗《こじ》らせて関係を悪化させたくないだろう。大人の世界って汚いぜ。

「流石命蓮寺蓮華……」

「凄いのは父ですよ。私は必死なだけです」

「必死？」

意外な言葉だった。彼女は俺と一緒にいた時からずっと天才的だった。少なくとも、戦い一辺倒で学も碌《ろく》になかった俺を、進学校であるこの学校にたった1年で自力合格できる学力を授ける程度には優秀だった。必至なんて状況はあまり想像がつかないが。

「確かに、両親からは多くのものを頂きました。皆さんが言う才能というのもそうなのでしょう」

どこか遠い目をして寂しそうにそう言う蓮華。

「もしも私が才能に胡坐《あぐら》をかいていても、それなりにできるのかもしれません。でも、それでは駄目なんです。私は支えたいんです。そのためには今の私でも全く足りてない……もっと、もっと努力して、力をつけなくては」

ぎゅっと自らの手を握りしめる蓮華を見て俺はただ意外に感じていた。

一緒にいた頃は子供っぽい奴だったし、離れてからは……演技ではあるが高飛車で鼻につくお嬢様という感じだった。ここまで悔しさを剝《む》き出しにして能力を渇望するような一面があったなんて。

「鋼は、あの日、言いましたよね。『一緒にいれば俺はお前を壊してしまう』って。『だから、俺

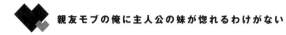

は お前が嫌いだ』って」

「……ああ」

命蓮寺家を離れるその日、引き留めようとした蓮華に放った言葉だ。こうして改めて聞くと随分余裕のない恥ずかしい台詞だ。けれども、今でも同じことを思っている。

「よく覚えてるな」

「鋼と過ごした時間は全て録音していますから」

「何それ怖い。お前ボディガードかよ」

よく見ると彼女が録音と言った時にポケットからちらっと出して見せてきたICレコーダーは赤いランプが光っていた。うん、見なかったことにしよう。

「まさか盗聴器を仕掛けているとは言うまいな」

「そんなことはしませんよ。束縛するような重い……いいえ、余裕のない女だと思われたくありませんから」

どこか、圧を出しながらそう言ってくる蓮華。なんか怒ってる？

「ええ、怒っていますよ」

「あの、心読まないでくれます？」

「鋼。最近、光さんだけじゃなく……桐生鏡花さんとも仲がいいですよね？」

「いや最近っていっても、まともに話すようになったのはここ数日程度で」

「一緒に朱染に出掛けていましたよね」

「何で把握しているんですかねっ⁉」

「それはともかく」

ともかくって何だぁ⁉　そうやってぼかされるのが一番怖いんだよっ！

「鋼」

「……何だよ」

俺の思考を遮るように、急に真剣な顔を向けてくる蓮華。こんな顔を見るのも、命蓮寺家を出た日以来だ。

「私はたとえ離れていても鋼の味方です。だから、貴方が望むのならば、苦しいですけど嫌い合っていてもいい、綾瀬君のハーレムメンバーと思われてもいい……鋼が頼ろうとするのは、嫌いと言ってまで遠ざけようとするのは私だけですから」

そう蓮華は言葉を選ぶように少しずつ紡いでいく。その一言一言が俺の胸を締め付けていることにも気が付いているのだろう。

「ですが、それは鋼のためだからです。たとえ離れていても、貴方がそれを望んでいなくても私は鋼の家族です。だから、鋼が傷つくようなことは看過できません」

「何が言いたいんだよ」

「桐生さんと付き合うのはやめてください」

それは何の混じり気もない真っ直ぐな否定だった。

「……別に俺と桐生はそういう関係じゃない」

「彼女に付き合って、過去を取り戻そうとしないでほしいんです」

「……どうして」

「私は鋼を守りたい。ただそれだけが私の望みなんです。もしも過去を思い出せば、貴方が、かつての貴方が残したというものが真実ならば、過去の記憶は鋼を苦しめることしかしません。聞いただけで耳を塞ぎたくなるような、残酷で、苦しい真実なんて、忘れたままでいられるなら忘れてしまっていた方がいい！」

蓮華のその言葉は真に迫るものがあった。

「もしも鋼が過去を思い出したら、かつての鋼ではなくなってしまうかもしれない。いいえ、もしかしたらその苦しみから自らを……そんなことを考えると、私は……」

俺は蓮華の吐露する思いをただ黙って聞いていた。

桐生のことを、かつての椚木鋼を思い出すということは、それと一緒に忘れたものも思い出すということだ。文面で告げられた地獄と……この世界で育んだ感性を。

果たして、記憶を失い、この世界の平和に染まった俺に耐えられるだろうか。おそらく耐えられない。耐えられていいわけがない。

やはり、蓮華は嫌いだ。嫌いでなければいけない。彼女は優しく、甘い。その優しさは毒だ。

彼女といると、俺は俺を許したくなる。

「別に構わない。たとえ壊れても、思い出さなきゃいけない。俺が自分勝手に捨てたことで傷つけた奴がいるんだ」

「そんなの……貴方のせいじゃない……」

「でも、そう決めたんだ」

目に涙を溜めた蓮華の顔を見ていられず、顔を反らす。

「……一つ、聞いてもいいですか？」

「何をだよ」

「どうやって、光さんを救うつもりですか？」

救う。何とも仰々しい言葉だ。そして、俺がやろうとしていることは救いなんかじゃない。

「いじめの元凶を叩いても、問題が解決するとは限りません。彼女が抱える問題はそれだけじゃないんでしょう？」

「ああ。もちろん、一個クリアになったから他も……とはならんよな」

ずっと考えていたことだ。いや、迷っていたというべきか。

俺がこれからやろうとしていることは紛れもなく悪だ。俺は、一人の少女を壊そうとしている。

それが正しいと思っているのは俺だけかもしれない。

それでも、決めたんだ。

「悪いけど言えない」

「鋼！」

「こればっかりは、お前にも、誰にも」

言ってしまえば蓮華は何をしてでも止めようとするに違いない。実際、蓮華も勘付いているのだろう、俺がよからぬことを考えているということを。

俺には、できることがある。そしてその結果、綾瀬光は救われることになる。そもそも、俺が東奔西走してヒロインを救い出すなんてのが違うんだ。女の子を救うのは俺のような脇役じゃあない。

いつのどの時代も、少女を救うのは、魔法のような奇跡だと、そう決まっている。

そして恋が終わる

「佳奈子……どうして、光ちゃんをいじめなんて……」

「違うわよ！　いじめてなんてない！　私は……」

「聞いたよ、佳奈子が僕のことを……好きだって」

放課後の教室でそんな青春の一ページみたいな光景を繰り広げる美男美女。片や柔和な優男、片やイケてる系のギャル。ある意味テンプレな組み合わせだろう。

それも二人は幼馴染だという。ギャル……三倉の方は優男の方、村田に好意を寄せているようだ。ベタだ。

「でも、ごめん。僕は、光ちゃんが好きなんだ」

「っ……」

「それに多分、彼女も俺を……だから、佳奈子とは付き合えない」

三倉の顔が歪む。可哀想に。

三倉も十分美人だ。嫉妬から虐《いじ》めなんて行動に走ったが、それも村田君が好きゆえだろうに。

そして、村田君は一切の容赦もなく三倉を切り捨てた。

「そんな、誠司……」

「だから、もう光ちゃんに嫌がらせをするのはやめてくれ。このまま続けるようだったら……僕は、君を許さない」

村田君はそう吐き捨て、教室を去っていた。言葉にならない叫びを上げて泣き出す三倉。

ああ、これで一つの恋が終わったのか。好きな人に好かれる綾瀬に嫉妬して無視という手段で鬱憤《うっぷん》を晴らそうとした三倉はその想い人である村田君に失恋した。なんてことない、こういうのもよくある光景なのだろう。

可哀想だとは思わない。別に死んだわけじゃないし、他の恋が許されないわけじゃない。結婚しても離婚が許される世界なのだ。今はどうであれこの程度の失恋なんていずれは昔話として処理されるかもしれない。人生という冒険は続く。三倉先生の次回作に期待である。

まぁ、これで学校での問題は収束するだろう。リーダーが大人しくなれば綾瀬ももう無視されたりしないだろう。

三倉の中に綾瀬に対する恨みは残るかもしれないが、余計なことをすれば村田君が黙っていない。残念ながら彼女にとって村田君はただの片思いの相手ではなく幼馴染なのだ。その縁は簡単に切れるものではない。もちろん、村田君にとっても、だが。

お言葉通り、しっかりと村田君を焚き付けてくれた生徒会長殿に心の中で謝辞を伝えつつ、俺もこっそり覗いていた教室に背を向ける。

「帰るか」

三倉を慰める、なんて真似はしない。俺は主人公じゃないし。それこそ、彼女を労《いたわ》るのならばここは存分に泣いて、次に進ませてやるべきだ。

ただ、去る前に……今回誰から見ても敵意や悪意しか向けられないであろう彼女に、俺だけは感謝の気持ちを向けておこう。

彼女のおかげで、俺が動きやすくなったというのは確かなのだから。

校舎を出ると、ちょうどグラウンドでも部活動が終わったくらいの時間だった。

「おや、友人A先輩ではないですか～」

そのまま帰路につこうとしていた俺に突然声がかけられた。見ると陸上部1年のエース、香月怜南が両手にハードルを抱えながら立っていた。たとえエースでも機材片づけは1年生の仕事のようだ。

「お疲れ様。さようなら」

「いやいや、自分重い物持ってますよね。女の子に重い物を持たせたまま帰るとか駄目じゃないですか？」

「あのね、世の中はジェンダーフリーにシフトしてるの。男とか女とかないの。すぐセクハラって訴えられちゃうの」

「でも、後輩ですよ。年下ですよ？」

「そういうのは同じ部活の先輩に言いなさい」

と、至極真っ当な返事を返した俺だが、確かにちょっとしんどそうなので、片方ハードルを持ってやることにした。

香月は華奢だ。そんな子に大きなハードルを腕いっぱいに持たせているのは背徳けふんけふん、罪悪感がある。

本人が全部は悪いと言うので2個だけ、それで香月も2個持っているが最初4個持ってたということになる。通信交換して腕が4本に生え変わっていたならともかく、普通の女の子では大変なことだ。

「しっかし、こういうのは快人に頼んでくれればいいんだ。その方がお前も嬉しいだろ？」

「通りがかったのが友人A先輩でしたし、それに」

香月は爽やかな笑顔を浮かべた。

「綾瀬先輩は諦めましたっ」

「ブッ!?」

ヒロイン、まさかの敗北宣言に俺は思わず吹き出してしまった。マジ恋選手権終了……。

香月は快人のことが好きだった。これは多分、間違いない。かつて快人は香月に痴漢する男を捕まえたことがあるヒーローだった。香月は華奢な美少女だし、普通に小動物系の少女という感じなのに健康的に日焼けしててエロい。おじさんだってムラムラしちゃうよねぇ！　捕まえましたけどもさ。

当時は快人が痴漢発見からタイーホ、そして香月のケアを行い、俺はそれをボーっと見ながらも逃げようとした痴漢に蹴りをかまして動きを封じた程度。その時名乗った友人Aというのが香月の中での俺の認知になっている。なんて、今はどうでもよくて！

「告白、したのか？」

「いえ」

「諦めんなよ、諦めんなよお前！　どうしてそこでやめるんだそこで!?」

「そうですね～、自分も子供だったというか。そもそも恋していたのかというと微妙ですし。憧れはしましたけど～」

「えぇ……」

「やっぱり誰かと付き合うとかよりも走っている方がいいっていうか。綾瀬先輩はそりゃあカッコいいですけど、古藤先輩とお似合いですからね～」

「古藤!?　どうして古藤がそこに!?　まさか脅されたのか!?」

「先輩にとって古藤さん、どういう人なんですか……」

呆れるように半目で見てくる香月。

「古藤さんを見ていると、私の気持ちって違うんじゃないかなって。ほら、たまに綾瀬先輩と話していると人殺しみたいな視線感じますし、あれ古藤先輩ですよ絶対」

古藤紬……やはりヤンデレラとして覚醒していたか……。ていうか、殆ど間違ってないじゃん！

「そんなわけで、一旦恋は終了です～。なに、私は走るのが好きですし、生きがいですからね。

それもまた青春！　ですよ〜」

そう清々しい笑顔で言う香月。そこに嘘はなさそうだが……。

でも、それでいいのか香月。確かに最近色々あったけど、大した出番もなく、掘り下げさえされず勝手にフェードアウトって香月、おい、香月……。

「走るのはいいですよ。友人A先輩もどうですか？」

「高2の夏前に勧誘されてもなぁ」

それ以前に誘われたところで乗らなかったと思うけれど。

体育倉庫に着き、ハードルをしまう。校庭から離れた体育館脇に設置されているのは欠陥だな、と初めて感じた。彼女ら陸上部はこの不便さを常々感じているのか、感じていないのか、それとも慣れてしまったのか、俺にとっては知らない世界だ。

「ありがとうございました、友人A先輩」

「おお」

「よかったらこのまま一緒に帰ります？　シャワー浴びて、着替えて、ミーティング終わるまで待ってもらいますけれど」

「それは遠慮しとくわ」

「そうですか」

別に俺たちは仲がいいわけじゃない。いや、本当に。

ハードルを運ぶ間にも香月が快人を諦めるというニュースがなくては会話が成立しない、その程度の間柄だ。失恋の話をする程度に香月は信頼してくれていると取れるかもしれないが、なんてことはない、多分元々香月はそういう存在なのだろう。

俺としては、脇役の恋愛模様を眺めている間に、ヒロインが知らぬ間に失恋していたという事実がショックで仕方がない。

桐生は多分俺の勘違い、蓮華は俺に対する嫌がらせで快人のヒロインではなかったし、香月は快人のことが好きだったにせよ、諦めてしまった。快人のラブコメ珍道中は、攻略がどうとかルート選択がどうとかではなく、気が付けば古藤の単独レースとなっていたらしい。

いや、古藤はいい奴だし、俺もお似合いだと思うけど、これじゃあハーレムラブコメにはならないし、親友役の俺も邪魔になりかねない。

いや、別に、俺は快人が幸せになってさえくれればいいんだ。相手が古藤でも、なんでも。蓮華に見せられたアニメの中では、主人公の男が複数の女性に想いを寄せられるというものが多かったから、それこそが幸せなのだと思っていた。ただ、俺の個人的な感性では、やはり一人と想いを育むのがいいと思うし、快人もいつか誰かを選ぶという意味では、それ以外の人は不幸になるというのは避けられないことだった。

俺はもとより要らなかったのかもしれない。それが何とも言えないやるせなさを感じさせた。

夜。俺はスマホを操作して、その連絡先を開いた。ここのところ、毎日電話がかかってきていた。きっと、今日も待っていれば向こうから電話が来るかもしれない。

それでも今日ばかりは、俺からかけたかった。

数回のコールの後、おずおずとした綺麗な声が耳をくすぐった。

『もしもし、先輩？』

「よっ。こんばんは」

『こんばんは……珍しいですね、先輩からお電話なんて』

電話越しの綾瀬の声には少し緊張したような硬さがあった。何か動いているような音も聞こえる。

「なんかやってるのか？」

『だ、だっていきなりかけてくるから、心の準備が……』

「待った方がいいか？」

『い、いえ。問題ないです。ちょっと落ち着きますから』

そう言って綾瀬は電話から離れたところで深呼吸を繰り返した。その音が少し聞こえてきて、なんだか微笑ましい。

「綾瀬、お前、今日も学校来なかったな」

『……だって』

拗《す》ねるような声を出す綾瀬。言い訳を始めるかと思いきや、そのまま黙ってしまった。

「……しょうがない。テストしてやる」

『テスト、ですか？』

「この間、会った公園があるだろ？　青葉公園？　そこに来い」

『え？』

「今朝なんてわざわざお前の家まで見に行ってやったんだぜ。もう骨折り損は嫌だからな」

『そうだったんですか!?』

「じゃ、そういうことで」

驚いた様子の綾瀬をよそに、一方的に電話を切ると、俺は大きく息を吐き出した。

俺はもう既に、青葉公園に着いていた。古臭いガス灯をボーっと見つめながら、あの時、綾瀬と話したベンチに腰を下ろして、ただその時を待つ。

柄にもなく、緊張しているようだった。無意識に握り込んだ手には汗がベタベタと張り付いていたし、心臓もバクバクと騒いでいる。

数分、ものの数分だった。けれども、永遠のような時間を経て、

「はぁ……はぁ……」

肩で息をした、パジャマに一枚羽織った程度の綾瀬が青葉公園に現れた。

綾瀬は俺を見つけると僅かに顔を綻《ほころ》ばせて、それでもすぐに怒ったように顔を引き締めてこちらに駆けてきた。

「先輩、急に、呼び出すなんて」

「お疲れさん、はい、水」

予《あらかじ》め買っておいたペットボトルを差し出す。綾瀬はそれを受け取り、僅かに飲んだ後、口をへの字に曲げた。

「これ、スポーツドリンクですよね」

「問題ないだろ。むしろ運動の後のケアとしては手厚いだろ。ただの水だと思ったら実はスポドリでしたなんて棚から牡丹餅的な嬉しさあるだろ？」

「最初からスポーツドリンクだって言って渡してくれればいいんですよ。やっぱり先輩って捻《ひね》くれてますよね？」

「おい、俺ほど正直で誠実な奴もいないだろ」

綾瀬は俺の言葉に呆れたように肩を竦《すく》め、隣に腰を下ろす。どうでもいいけれど、近い。肩と肩が触れるどころか、完全に腕と腕とが密着する距離だ。

「暑いだろ」

「……熱いです」

だったら離れればいいのに……と思いつつ、俺は俺で水を口に含んだ。もうすっかり夏だが今夜は少し冷え込んでいる。別に癇癪《かんしゃく》を起こすほどじゃない。

「しかし、もう外に出るのは大丈夫なのか？」

「随分と落ち着いてはきたかもしれません。あんな人、早々現れるものじゃないと思いますし」

「そりゃそうだな」

意外と、あっさり綾瀬は言った。傷も随分と癒えてきたらしい。

「それに、先輩が守ってくれますから」

「へ」

「今日もこの間も、先輩がいると思ったから多分、大丈夫だったんです」

――コウさんがいるから、安心できるんでしょうか。


彼女の言葉に、〝彼女〟がダブる。いや、ずっとそうだった。綾瀬にも、快人にも……俺は。

「俺はそんなに強くない。期待されても……」

「強いとか、弱いとか、そういうんじゃないです」

綾瀬はそう言って空を見上げる。

「私にとって兄は親代わりでした。両親は健在ですが、殆ど仕事漬けで今は海外……兄は私を守るためって、色々と無理してて、それが嫌だったんです」

もちろん感謝もしていますけどね、と苦笑する綾瀬に俺は何も言い返さなかった。

俺と会う前、いや会った頃か、快人は今と違った。笑顔はどこか硬かったし、自分の意見を言わないようなそんな大人しい奴で。多分、

「でも、嚶鳴高校に入って兄は変わりました。やっぱり私のことは第一に考えてくれていますけど、それでも明るくなって、よく学校の話をしてくれるようになりました」

「そうか」

「一番話してくれたのは、鋼先輩のことですよ」

ニッコリと笑う綾瀬。ガス灯の光に照らされたその頰に薄《う》っすらと赤みが差して見える。

「私も兄も友達が少なかったですから。紬ちゃんは幼馴染だから特別仲が良かったというのはありますけど……だから、同性で同い年の友達ができて嬉しかったんだと思います」

「なんか、気恥ずかしいな」

「全くですよ、もう。先輩の話ばかり聞いたせいで、私も会ったこともないのに先輩のこと色々と詳しくなったというか……いつの間にか気になっていたというか。だから、先輩のこと信じられるんです。ずっとどんな人かなって思ってきて、でも実際に会ったら思ってたよりもずっと、ずっと……」

兄づてに聞いて……か。

「こんな話されたら、困ります？」

「どう……かな」

困るか困らないかと言えば、困る。実際困っている。それでも、この言葉を遮《さえぎ》ることはできない。

「嘘だって思うかもしれないですけど、初めて会った時、私、先輩があの椚木鋼先輩なんじゃないかって思ってたんですよ。名前を聞いたら兄の名前名乗りましたけどね」

「そいつは、悪かったと思ってる」

「それは私が綾瀬快人の妹だから、ですか？」

「それは……まあ、そうかな」

もしも彼女があらかじめ綾瀬光だと知っていれば、もちろん綾瀬快人なんて名乗らなかった。けれど、椚木鋼とも名乗らなかっただろう。そういう意味では、彼女をできるだけ知ろうとしなかった俺の落ち度か。

たらればの話なんて意味がない。意味はないが、思わずにはいられない。もしも俺が俺でなくて、彼女が彼女じゃなかったら……なんて。

「先輩がこうして気を遣ってくれるのも、私が綾瀬快人の妹だからですか？」

言葉に窮《きゅう》する。ただ、ぐいっと身を出して俺の顔を覗き込んでくる彼女に対し、仰《の》け反って、それでも目を逸らせず彼女を見つめ返す。

視界の隅でパチッとガス灯の光が瞬いた。


今、思い出すのは先の、三倉佳奈子であったり、香月怜南だった。

俺が傷ついた三倉に声をかけなかったのは、いやそもそも彼女を傷つけてもいいと思ったのは、彼女が綾瀬を虐めていた悪者だったからだろうか。だが、たかが無視なんて、吊し上げて断罪するほどのことじゃない。仮にエスカレートする可能性があっても、蓮華の手を煩《わずら》わせてまで急いで強引に排除する必要はなかったかもしれない。

そう思うのは、香月怜南が快人を諦めたという話を聞いたからだろうか。形こそ、経緯こそ違えど二人とも同じく一つの恋を終えた。香月が恋を諦めたことを先に知っていたら、俺は三倉にああはしなかったのだろうか……。恋の不確かさを、尊さを大切にしようと思えたのだろうか。

「先輩?」

綾瀬が声をかけてくる。つい考え事をし、意識を飛ばしていたようだ。

「ええと、なんだっけ」

「……いいです」

どうやら怒らせてしまったようで、綾瀬は唇を尖らしながらも顔を離した。

傷つけていないかとか気にする程度にはやはり綾瀬は三倉とは違う。

では、香月はどうだ? 桐生は、蓮華は、快人は。古藤は、好木は、大門先生は。俺は誰なら傷つけてよくて、誰はいけないと判断してるんだ?

「綾瀬は、友達はできたのか?」

「えっ?」

「さっき言ったろ、快人が同性の、同い年の友達ができて、その浮かれてるみたいな」

「できましたよ。先輩も知ってますよね、幽ちゃん。はっきりと友達と言える間柄なのはまだ彼女一人だけですけど」

「好木のことは好きか?」

「もちろん、好きですよ。幽ちゃんは内弁慶というか気を許した人以外には口数も少なくて大人しくて……でもその分私と一緒の時は凄く元気で可愛くて、小動物みたいで……ちょっと羨まし

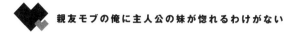

いんです。私には、そういう可愛げはないから」

意外……でもないのかな。優等生である彼女にとって、状況によっては図々しくもなれる自由奔放な好木の姿は羨ましく映るのかもしれない。

「そんな羨むことはないだろ」

「そうですか？」

「ああ……人の良さってのは、いっしょくたにはできないもんだ。何を見ていいと思うか、悪いと思うか。可愛いと思うか、思わないか。人それぞれさ」

殆ど何も考えず、頭に浮かんできた言葉を紡ぐ。綾瀬は少し震えた声で、

「そう、でしょうか……」

と、漏らす。

「そうじゃなきゃ俺みたいになんの取柄もない奴はさっさと死んで輪廻転生に期待するしかなくなっちまうだろ？」

「先輩はいいところたくさんありますよ！」

「そ、そうか？」

「例えば」

「いや、いい。面と向かっても恥ずかしいっていうか、言わせている感じがしてきっと正直に受け入れられない」

「捻くれてますね、やっぱり」

呆れたように笑う綾瀬の雰囲気はリラックスするように緩んでいる。

「じゃあ、先輩、一言だけ伝えさせてください」

「一言？」

綾瀬が立ち上がる。その時にさりげなく俺の手を握って。

俺の左手を綾瀬は右手と、それに左手を添えるように握り込み、真っ直ぐに俺の顔を見てきた。

そんな彼女を座ったまま見つめ返す。

「鋼先輩のこと、私は好きです」

「……好き？」

「話した時間が僅《わず》かだとしても、……大好きです」

顔を真っ赤にして、綾瀬はそう、告白した。


瞬間、込み上げてくるものは。ああ、最初に快人の家で彼女と対面した時と同じものだ。俺は彼女を通して思い出していたんだ、〝彼女〟を。〝彼女〟の恋心を。〝彼女〟の死を。それが俺の中でトラウマになって、注意喚起をしていたのだろう。

お前は、また繰り返すのかと。

それが今、はっきりと、分かった。

違う、繰り返すつもりはない。繰り返したいわけがない。俺は、ただ守りたいんだ。光を、快人を。今度こそ……。

「たく……本当に、同じことを言う」

「え……？」

「綾瀬……光は似てるんだ。俺の、知り合いに」

似ている、じゃない。まるで同じだ。俺の記憶が、心が、そう認めてしまっている。

「俺は、好きって気持ちがあまり分からないんだ」

「え？」

「どこからどこまでが友愛で、どこからが恋愛で……そういうのが、分からない。誰かと一緒にいたいと思うことは、許されることではないから」

だから、この先もきっと変わらない。彼女が〝彼女〟で、あいつが〝あいつ〟なら、俺が〝俺〟でいる限り、あの兄妹は不幸で居続けるんだろう。

そんなはずはない。この世界に脅威なんてない。そう思っても、どうしても、その思考は脳裏に張り付いて離れない。

「告白が叶った嬉しさと、失恋した悲しさと、どちらの方が心に残るものなんだろう」

「鋼、先輩？」

彼女から視線を逸らすように空を見上げても、星も碌《ろく》に見えはしない。広がっているのはどこか澱んだ暗闇だけだ。俺を飲み込もうとしてもくれない、気持ちの悪い闇。

ぴくり、と俺を掴む光の手が震えた。

「きゃっ⁉」

もう、どちらでもいい。どうせ感情が動いてしまうなら、跡が残ってしまうのならば、答えなど必要ない。

俺は俺を掴む光の手を掴み返し、引っ張った。華奢な光はその勢いのまま俺の胸に収まって、俺はそんな光の頭を空いている右手で抱く。

「せ、せせ、せんぱい……⁉」

「光、俺は魔法使いなんだ」

「え……？」

「今から俺の魔法で、お前の中のトラウマを消し去ってやる」

椚木鋼の三大奥義が最後の必殺技……などと、大袈裟に言うものではなく、俺の中に残ってしまった欠陥。

「消えるのは、トラウマだけじゃないけどな」

「先輩、何を……」

もしも、俺が主人公だったら。もっと素敵な選択ができたのだろう。ハッピーエンドを掴めたのだろう。

あいつらはズルい。思い悩まずとも、二股、三股を自然に成立させて上手くいかせるのだから。

俺なんて、たったの一人も幸せにできないのに。

結局、ロクに親友モブにさえなり切れなかった俺、そしてハーレムラブコメの主人公じゃなかったかもしれない快人……そんな前提が崩れたとしても。

梱木鋼に綾瀬光が惚れていいわけがない。

それが俺の中の答えならば。

「あ……」
俺の右手から淡い光が漏れた。
光の表情が虚ろなものへと変わり、ぐったりとその体から力が抜け落ちる。
頭がクラクラする。腕から力が抜け、落としてしまいそうになった光の体を精一杯抱きしめ、胸から込み上げてくるものを喉で強く押さえ込み。

そして、俺は壊した。トラウマとなり彼女の中に住み着いた露出狂の変態を、そして彼女を救ったヒーローである俺を。そこから連鎖的に紐づく、俺との思い出を。

これは忘却の魔法。かつて、俺が俺を殺すために作り上げた呪いの力。
この世界の理を無視し、力任せに蹂躙《じゅうりん》するこのペテンで、俺は非情に、綾瀬光という無垢な少女の恋心を殺した。精一杯の告白に応えることさえせず、卑怯に、卑劣に。
その感覚を、確かに俺の右手に残して。

エピローグ

〝俺〟は戦いの中で始まった。

気が付けば暗い闇に包まれた戦場に立っていて、一人の敵と相対していた。黒い霧のような奴だ。

『なっ、何をした貴様！』

黒い霧が動揺したように問いかけてくる。

『貴様は自身の希望と絶望に精神を殺されたはずだ‼』

こんな突然の状況にありながら、意外と俺は現状を理解できていた。

まず、目の前のこいつが敵であるということ。精神攻撃を得意とし、俺の心を磨《す》り潰そうとしてきたようだ。

次に、自分が勇者だということ。自分の名前は思い出せないが、目の前の敵を倒すという認識は脳に強く焼き付いていた。

そして、俺が記憶を失ったこと。そして記憶がない理由は、俺が自分で自分の記憶を消したかららしい。

ただ、そんな分析は今はどうでもよかった。目の前の敵を殺せるのならそれで。

次の瞬間には、俺は特別な感情もなく、身体が動くがままに剣を振るい、魔力を流し、黒い霧を消滅させていた。

周囲を覆っていた暗闇が晴れ、3人の男女が駆け寄ってくる。それぞれ口々に、クヌギだの、コウだのと言っていた。

そんな彼らを黙って見返していると、訝《いぶか》しんだ鎧姿の男が「どうした」と聞いてきたので、「お前たちは誰だ」と伝えた。

すると彼らは動揺したようだったが、俺のことを慮《おもんぱか》って色々と教えてくれた。

俺はクヌギコウという名前らしい。俺は記憶を失う2年前に異世界から召喚され、勇者になったのだという。そして彼らはそんな俺を支えるために旅についてきた仲間であると。

彼らに渡された俺の所持品だったという物の中に薄汚れたノートがあった。

そこに日本語で書かれた椚木鋼という漢字を見て、俺は自分の名前の書き方を知った。周囲の人間は誰も読めない、書けないその日本語を特に意識もせず文章を読み解き、また書けたことが自分が異世界から来たのだという納得にも繋がった。

何故、俺が日本語というものを忘れていないのかということはあまり気にしなかった。思考でき、会話ができ、また常識が残っていることに不便さはない。

ノートの中身は俺の日記のようだった。

どうやら、この世界は俺にとって地獄らしい。

王国に両親を人質に取られ、従うしかなかったということ。痛みに慣れさせるという名目で拷問にも近い扱いの中で死に物狂いで力を、技術を手に入れていったということ。勇者の加護によって死なないことをいいことに様々な実験体にさせられたこと。そういった恨み苦しみが震える文字で書き綴られている。

それでも逃げ出さなかったのは、いつの日か元の世界に帰るため。元の世界は平和で幸せな場所で、家族をそこに連れ帰るのだと。勇者として戦うのはそのためだったらしい。まるで自身に呪いをかけるように繰り返し書かれていた。

なるほど、これがあの黒い霧が言った、「絶望」と「希望」だったようだ。俺は記憶を失いすっかり空っぽになった頭で他人事のように考えていた。

おそらく、俺はそう思うことで精神の均衡を保っていたのだろう。なんとか、かなりギリギリのところで。だから、あの敵によって希望と絶望が自らに対して牙を立てた時、あっさり手放した。元よりそれらを手放して全てを諦める機会を探していたのかもしれない。

だが、それを知ったとしても俺に実感はなく、どうにも他人事のようにしか感じられなかった。

俺がどう考えても、何を思っても、どうせ勇者としての使命とやらは俺を離してはくれないだろうから。

俺が勇者であれば、俺の両親とやらは助かるのだろう。もう覚えてもいない元の世界に帰れるのだろう。記憶を失ったことを話した上でついてきてくれる、アレクシオンという男と、エレナという女、そしてブラッドという男……仲間たちは守れるのだろう。

だから、戦った。俺を使い潰そうとしているという王国に従って。

アレクシオンとエレナはそんな俺を心配していて、ブラッドは時々俺を哀れむように見ていたけれど、それもどうでもよかった。

俺が勇者で、敵を殺すのが使命だというのが、結局俺に残された全てだったから。他の記憶が消えてもこれだけは残ったのも、勇者に与えられた加護によるものだったのかもしれない。

地獄の訓練とやらの記憶が消し飛んでいても、身体が覚えているのか勝手に動いて敵を殺してくれる。だから余計なことも考える必要はなく、俺はひたすら剣を振るった。

それから、1年後。バルログという少年に会うまでは。彼の妹……レイという少女に出会うまでは。

彼らに会って俺は、希望を、そして、それを失う絶望を知ることになる。

今、俺は異世界の過去から目を逸らし、かつて自分が生まれたという世界でただただ命を消費している。

失った友に似た雰囲気を持つ少年に主人公という願望を押し付け、自らを脇役と、舞台装置と定義付けることで、なんとか心の平穏を保ちながら無様に生き続けている。

それでも、過去は俺を逃すまいと、度々姿を現しては言うのだ。

「お前は罪を犯した。決して逃れることはできない。誰も幸せにすることはできない」と。

俺は怖い。

かつて失った記憶を思い出すのも、異世界の過去に向き合うのも、このまま全てを忘れて生きるのも。

けれども、愚かにもこうも思ってしまう。

いつか俺は幸せになれるんじゃないか。全ての罪から解放されて、赦される日が来るんじゃないか。

そんな愚かとも言える思いが度々生まれては俺を蝕《むしば》む。

だからまた、失ってしまった。
あの子を、こんな俺を愛してくれた〝彼女〟に似たあの子を、俺は身勝手に傷つけ、歪めてしまった。

ああ、いっそ。いっそのこと、壊れてしまえばいいのに。
こんな欲張りで、愚かで、臆病な自分など。

番外編1　親友モブが生まれた日

「あの！　これ、落としましたよ」

それが、俺の聞いた彼の初めての言葉だった。

その言葉は俺に向けられていたわけでなく、近くを歩いていた女生徒に向けられたもので、彼の手には女生徒のものらしき定期入れが握られていた。

「え……あっ、すみませんっ！」

対し女生徒は一瞬目を瞬かせ、羞恥に顔を赤く染めた。繰り返し頭を下げる女生徒に照れつつも困ったように頬を掻《か》くその少年を横目に、俺をはじめとする他生徒達は通り過ぎていった。その時はあまり気にも留めなかったが、この日行われた嚶鳴高校の入学式の後、再び俺は彼と出会った。

「綾瀬快人です。1年間よろしくお願いします」

そう言って頭を軽く下げた彼を見て感心する。色々と失礼な表現になってしまうが、周りの連中とはタレント性が違う。ナチュラルな、おそらく地毛と思われる茶髪。柔和な声、整った顔立ち。そして誠実そうな雰囲気は正に主人公と呼ばれる者達が纏《まと》うそれだ。現実世界に彼のような人物がいたとは。

思わず口角が上がるのを感じる。これは幸運かもしれない。高校というのはある種のパワースポットだ。この世に溢れんばかりに存在する創作物の中で、現代をモチーフにしたものの舞台に高校が選ばれることは多い。フィクションを現実と重ね合わせることはあまりにナンセンスというのが常識だが、俺自身、常識から見たときのフィクションのような人生を送ってきている。たとえ一見普通で剣も魔法もない世界であってもそういった物語に巻き込まれないとは限らない。だったら。

もし巻き込まれるのなら先に都合のいい世界に巻き込まれてしまえばいい。血も闘争もない平穏な物語に。

そして、もしも俺がそんな世界で、何の変哲もなく代替がきく、どこにでもいるキャラ、モブキャラを演じきれたのならば、今も頭蓋に取り巻く悪夢から解放されるかもしれない。たとえどんなに卑怯でも、女々しくとも、俺は、そのためなら……。

「おい、何をニヤケている。お前の番だ」

「ファッ!?」

美人だ。美人がいる!

スーツに身を包んだキャリアウーマン的大人の色香を漂わせる美人が、俺の席の前に立ち、見下ろしてきていた。鋭く睨みつけながら。

何故こんなところに女優が、と思わず周囲を見渡してカメラを探したがそんなものなかった。

そうだ、彼女はこのクラスの担任の大門先生だ。つい先ほど教壇で挨拶しているのを見て、「はえーとんでもねぇべっぴんさんだー高校の先生ってのは顔採用されてんのかぁー?」などと間抜けなことを考えていたばかりじゃないか。どうやら、綾瀬快人に気を取られ意識をすっ飛ばしていたみたいだ。

しかし困った。まさかこんなすぐポカをやらかすなんて。クラス中からは俺に視線が集まってしまっている。当然綾瀬快人（なんと隣の席）からも見られている。この状況で、俺が、俺の求めるポジションに身を置くためにできる行動は一つ！　ではないかもしれないけれど、とりあえず一つしか浮かばなかったので、

「出席番号7番、椚木鋼！」

ガタッと椅子を鳴らして立ち上がる。若干前屈みに俺を睨んできていた大門先生と視線がかち合った。思わぬその距離に動揺する俺のDTハート。大門先生も驚いたのか若干目を丸くした。が、観察している場合じゃない。今は乗り切ることを考えろ、俺！

「ブナ科コナラ属のクヌギに、木曜日のモクで椚木！　ハガネの鋼で椚木鋼、15歳！」

半ばヤケクソで腹の底から声を出し、叫ぶ。

「現在彼女募集中です!!　何卒よろしくお願いします!!」

言い切った。出し切った。

その余韻さえも実感できるほどの静けさが教室を支配する。

これが俺の選んだ道だ。三枚目のちょっぴりエッチなラブコメ主人公の親友キャラ。いや、親友キャラと言ってもイベントには出張らず、たまの日常を埋める程度の親友モブと言うのが正しいかもしれない。

そう、俺は綾瀬快人をラブコメ主人公にし、その宿り木に寄生する親友モブになると決めたのだ！

正直羞恥心はある。顔も熱い。もしかしたら赤らんでいるかもしれない。だが、幸いにも俺は最前の席に座っているので羞恥に震えるこの表情はクラスメート達には見られることはない。

「な……」

目の前で唖然とする美人な担任教師を除いて。

「……」

見られている。羞恥に震えるこの表情を。もはや涙目になっている哀れな道化師の素顔を。

そんな俺を見て大門先生は明らかに対応に困っていた。聞けばこの嚶明高校、ここいら屈指の進学校ということもあり、生徒の質も高く、言うなれば俺みたいなお馬鹿な振る舞いをする生徒は滅多にいないという。見れば大門先生は佇まいこそ修羅のようだが、肌艶を見るにまだ若く、20代半ばといったところ。俺のような色欲に支配された猿の対応は未経験かもしれない。

考えろ。この誰も得しないラビリンスに迷い込んだ俺、ならびに大門先生を適切な形で助け出す方法を！

俺は無事、ちょっぴりエッチな三枚目のイメージを固めたい。対し先生はこんな問題児を前に適切な対応を図り立派な教師像を生徒に見せつけたい、筈。

僅《わず》かに視線を落とすと先生のしなやかな手が目に映った。いっそバイオレンスなオチでも構わない。ビンタの一つぐらい許容しよう。ただ、それには相応のセクハラが求められるわけで、大門先生が俺相手に手を上げても誰もが納得する状況でなければならない。

再び大門先生と視線を合わせる。この間2秒にも満たない僅かな時間。それでも伝わると願いを込めてアイコンタクトを飛ばしつつ、

「取り急ぎ先生！　僕と結婚してく」

「死ねっ！」

「ベフッ!?」

言い切る前に出席簿が脳天にダンクシュートした。素晴らしい、まるで台本があるかのようなキセキの連携だぁ……。

なんだったら俺が最初の「と」の字を発した瞬間には腕を伸ばし教卓の出席簿を取りに動いてたまである。俺じゃなきゃ見落としてたね。

ただ先生、叩き慣れてないみたいだな。

スパーンっといい音が鳴りつつ痛くないが100点なら、ゴスッと鈍い音を立てて痛みを生んだこの打撃は赤点だ。今後の成長に期待である。

俺が気絶（のふりして机に突っ伏していただけ）している間に自己紹介はつつがなく終わった。

結構女子のレベルが高いクラスだ。この点、ラブコメ世界としての書類面接はクリアといったところか。首席入学のあの桐生というスーパー美少女が別クラスなのは惜しかったが、クラス以外でも知り合うイベントは大いにある。ちなみに、彼女が紹介されていた入学式はこれまたテン

プレに校長の話が長かった。全学年参加義務があるらしいが、来年はサボろうと誓ったのはただの余談である。

そんなこんなで結局起こされないまま高校初日が終わろうとしていた。

それぞれの自己紹介、また諸々の説明程度なので大した時間を要していたものでもない。教科書なども初回授業で配られるのだそう。うずくまる俺の腕の間からしれっと差し込まれたラブレターを見るに、大門先生の初回授業は俺自らクラス全員分の教科書類を取りに来るようにとのことであった。あのクソアマ……！

既に教室から去った大門先生に怒りを覚えつつも、起き上がるタイミングを逸した俺は伏せながら、綾瀬快人へのアプローチ方法を考えていた。

そもそも、三枚目親友キャラを完遂するには壁が多い。まず、キャラかぶりの危険性だ。高校生といえば青い春に取り憑《っ》かれた思春期のピンクモンスターが大半を占める。いかに進学校とはいえ、俺のような養殖ではない、天然モノも紛れ込んでいる可能性がある。

が……この点は既にクリア……っ！　コングラッチュレーション……っ！

俺の自己紹介、並びに先生の暴力的返しのお陰で潜伏していたであろう三枚目キャラもなりを潜めていた。二番煎じは寒いの法則にも後押しされ、このクラスでの三枚目キャラは俺の独占状態となった。レールに乗ったというやつだ。

だが、他の壁も存在する。次は主人公に話しかけるきっかけだ。ベタなのだと、ツンツンと主人公の肩を叩いて、「なんかおめぇ面白そうだな。オラワクワクすっぞ！　いっちょ友達にでもなっかぁ！」みたいなことを言う感じだが、それはあまりにハァ？　って感じだ（語彙《ごい》不足）。

そもそも、とっつん（突然ツンツン）は前後の席であることが必須。隣の席同士だと間が空きすぎているので手を伸ばす不自然さが生まれる。隣同士でそういったアクションを許されるのは消しゴムを拾うとか、手紙を回すくらいのものだ。

かつ、仲を深めるならば秘密の共有、吊り橋効果を狙うのがなお良い。つまり本来は話してはいけない時間に話すべきということだ。例えば入学式の最中、入学式後のオリエンテーション中などだ。しかし、入学式中は彼をマークしていなかったし、オリエンテーション（さっき）は気絶していた……というかそもそも最前列じゃ隙を見て会話なんて無理だ‼

ぐぬぬ……きっかけ、きっかけ。親友になれるきっかけが欲しい……神よ……きっかけをください……なんでもしますから……！

「ねえ」

ぐぬぬと唸《うな》っていると、控え目にツンツンと腕をつつかれた。とっつん⁉　しまった！　変に悪目立ちしたせいで俺がとっつんの対象になっていたのか⁉

「はっ！」

飛び起きるように顔を上げた。正面に対象はなし、となるとつついてきた、

「右っ！」

「わっ！」

「えっ⁉」

右に顔を向けると目を見開いて僅かに綾瀬快人が飛び退いた。綾瀬快人が……？

「ご、ごめん。うなされていたみたいだったから」

「そ、そうなんだよ。どうにも嫌な夢で……なんでも入学初日に担任から暴行を受ける夢でさ」

「それ夢じゃないと思う……」

咄嗟《とっさ》にペラペラと口をついて出た軽口に綾瀬快人は苦笑を返す。

まさか綾瀬快人からアクションしてくるとは思わなかった。こういうラブコメ主人公は女にしか興味がないパターンもあるから……それが親友キャラの壁の一つでもあった。

「えっと、僕、隣の席の綾瀬……」

「快人だろ？　自己紹介聞いてたからな」

実際には綾瀬快人以外は覚えていないが。

しかし彼、意外と臆病というかおどおどした性格をしているらしい。主人公オーラはあるけれど、あいつとはまるで違う……って、どうして俺は今綾瀬快人と〝彼〟を重ねたんだ……？

「あ、ありがとう。鋼くん」

初っ端から名前呼びとは結構フレンドリーな奴だ。だが、俺は先を行くぜ！

「もちろん。ただ、くんはいらないぜ。俺も快人って呼ぶから」

「うん、分かったよ、鋼」

こりゃあ思わぬ神の采配だ！　まさかこんなにあっさり綾瀬快人、いや、快人と話せるなんて！

性格は思ったのと違ったが、ただ素質は本物。ラブコメのベストシーズンは先輩後輩の揃う2年次がベストなのだから、今後の調整はいくらでもできる。俺に近づくな……が口癖のイキり中二病患者でなかったことを嬉しく思うべきだ。

何より、

「鋼？　どうしたの、笑って」

「いや、なんでもない」

色々目的だのなんだの偉そうなことを頭でこねくり回しながらも、素直に友達ができたことを喜べるのが嬉しかった。

俺を見て首を傾げる快人だったが、釣られるように笑顔を浮かべた。直後、

「快人ー！　帰ろー！」

「あ、紬」

突然美少女が教室に飛び込んできた!!?

「あれ!?　快人が男子と話してる！　珍しい！」

「なんだこの美少女!?」

「あたしは古藤紬！　ここにいる綾瀬快人の嫁以上恋人未満の女の子さぁ！」

「な……ど、どういうことなんだ」

「紬、勢いで言ってるでしょ。鋼、彼女は幼馴染なんだ」

お、幼馴染……それってつまり。

「彼女ってことじゃねぇのかああああああ!?」

「わっ!?」

「おお、なかなかのシャウト」

驚く快人と愉しげに笑う古藤。

まあ、幼馴染がいることは想像していた。なんたってラブコメ主人公だからな。

「でも勘違いはよくないよ。あたしは幼馴染だけれど、まだ恋人じゃないし」

まだって言った！　が、快人に変わった様子はない。もしや鈍感？

「ぐぐぐ、非モテ連盟設立かと思いきや……！」

「な、なんかごめん……」

俺の呻《うめ》きに快人が予想以上に肩を落とす。

この反応、もしや……あまり押しの強くない性格、古藤という美少女な幼馴染。それ以外にも、女子にモテそうな主人公オーラ。そして、俺という新たな友人を失うんじゃないかと予感してそうな諦めに近いリアクション。

間違いない、快人は……ならば！

「くくく、ふふふははは!!」

有声音たっぷりの高笑いを浮かべる。いや、言い放った。

「これは神の啓示！　こうして快人と友達になったのも高校入学を機にスーパーモテ男へと転身を遂げるということなのでは!?　なあ、快人！」

「え、ええと、そうなのかな」

「そうに違いない！　な、古藤！」

「違うと思うなー」

「バッサリ！」

一切の遠慮なく斬り捨てられた俺を見て快人が笑う。うん、これでいい。むしろこれがいい。

俺は快人の親友モブだ。快人というスターを大成させ、幸福に導き、その影に隠れる道化師。であればこそ、やはり快人は幸福にならねばならない。そのうちの小さな一歩が俺という、同性の友人を作ることならば俺は心からそうなると誓おう。俺の中で密やかに、だが。

それが、たとえかつてその誓いを果たせなかった誰かの代わりだとしても。

「さ、帰るか」

「うん」

「オッケー」

「ところで古藤。なんで幼馴染が嫁以上なんだ？　嫁ってある意味親密度の最上級なんじゃ」

「え？　嫁って画面の向こうの決して触れられない存在のことを言うんでしょ？」

「何その認識!?」

主人公の幼馴染、怖い！

にこにこと笑う古藤に恐怖しつつ、快人に耳打ちする。

「なあ、あれって本気?」

「あはは、多分。間違って覚えてるだけで悪意はないと思うけど」

「謎の多い奴だな……」

せめて他のヒロイン達はもっと分かりやすいことを望む。

番外編2　運命の朝

「ふあぁ、おはよう、光」

「あれ、兄さん。おはよう」

珍しく兄はいつもよりも早く起きてきた。大欠伸《あくび》をしつつもしっかり制服に着替えている。

「今日は早いね」

「ああ、ごめん。いきなり陸上部の朝練に付き合うことになっちゃって……言ってなかったな」

「そうなんだ。大丈夫、お弁当はできてるから」

兄、快人の用事に内心驚きつつも笑顔を返す。陸上部の活動にたまに顔を出しているのは知っていたけれど、朝練からというのは初めてかもしれない。

兄は嚶鳴高校に通い始めてから随分と変わったように思う。元々あまり外に友人を作らず、友達らしい友達も家族ぐるみで付き合いのある幼馴染みの古藤紬ちゃんくらいしかいない。顔はそれなりにいい、と兄を見た友人達からは好評だったけれど、同性の友人がいたところは見たことがなかった。

その理由が私にあったことは知っている。うちは両親が仕事で家を空けることが多い。今なんて揃って長期の海外赴任中だ。普通は子どもである私達もついて行くものだけれど、子どもを連れて行くには環境的に適していない場所らしく、たまに祖母や祖父、叔母さんらの助けを借りつつも兄妹力を合わせ二人暮らしをしていた。

二人暮らしをする中で兄は年長者として私を守ろうとしてくれている。料理は私の担当だけれど、家事の多くを担当してくれたり、私が放課後に学内活動を行えるようにと学校が終わればすぐに家に帰ってきてくれたり……ありがたいと思う反面、必要以上に負担を強いてしまっているのではないかと不安にもなった。


けれど、兄は高校入学を機に変わってくれた。もちろんいい意味で。

私が中学3年生になって受験勉強のために毎日早く帰ってくるアピールをしていたのと、協力者である紬ちゃんの説得のお陰で兄自身も学校生活に目を向けてくれるようになったのだ。

そして、何よりも一番兄を変えたのは、高校でできた男子の友達だろう。

「今日も例のコウさんに誘われて？」

「いや、鋼じゃないよ。あいつは朝早く起きて部活なんてキャラじゃないし」

コウ、という兄の口から度々出てくる友達の名前。高校に入って同性の友人が多くできたみたいだけれど、兄はその中でも特に彼と親しくしているらしい。

私はまだ会ったことがないけれど、その名前はやけに耳に残っていた。

「ねぇ、そろそろ会わせてほしいんだけど、そのコウさんに。兄さんの親友というなら私にも見定める権利はあるでしょ？」

「あはは、悪い。なかなかタイミング合わなくて」

「学校で会いに来てくれてもいいし、むしろこっちから行ってもいいんだよ？」

「うーん、まあ考えてみるよ」

兄はそう苦笑する。コウさんは三枚目っぽい性格をしているらしく、もしかしたら兄は私を守ろうとしてくれているのかもしれない。紬ちゃんとは気が合っているらしいけれど。

正直かなり気になるけれど、兄の交友関係を壊してまで会いたいというわけじゃない。まあ、いずれ機会もあるだろう。

「うん、考えといてね。はい、朝ご飯」

話を切り替え、白いご飯、ミニハンバーグ、サラダをテーブルに並べる。

「あれ、朝からハンバーグなんて珍しいな」

「おかず作ってなかったもん。そのハンバーグはお弁当用。お弁当にも入ってるから被るけど我慢してね。予め言っておいてくれなかったのが悪いんだから」

「うっ……ごめん。助かるよ」

手を合わせ、いただきますと唱えて朝食を食べ始める兄を横目に、兄の朝食を確保するために私のお弁当から抜けたハンバーグの代わりを考える。

タネはもう残ってないし、今から仕込むのもなぁ……ああ、冷凍の鶏肉が残ってたからそれを使って……。

「ご馳走様でしたっ！」

「お粗末様でした。はい、お弁当」

「ありがとう、光。今日も美味しかったよ」

「はいはい」

兄はお弁当を受け取り鞄にしまうとすぐに玄関に向かった。

「いってらっしゃい。気を付けてね」

「光も、戸締まり頼むな。行ってきます」

先に行く兄を見送り、ドアが閉まると同時に小さく溜め息を吐いた。最近は生徒会の仕事で私が早く出るという方が多かったから、慣れない状況に少しバタバタしてしまった。兄にはホウレンソウを徹底させなきゃだ、うん。

「さっ！　私も支度支度っ」

とりあえず自分の朝ご飯と、あとミニハンバーグの補填をしなければ。料理はちゃんとやるって決めたんだからっ！

◆◆◆

「ああっ、結構ギリギリになっちゃった」

結局考えすぎたせいで準備に時間が掛かってしまった。家から学校は徒歩圏内なものの、普段家を出るより遅い時間になってしまったので流石に焦る。

「早歩きなら間に合うよね……まったくもう、遅刻したら兄さんのせいなんだから」

そんな独り言を吐きつつ、早足で学校に向かっていた私だったが、

「にゃあ」

不意に黒猫が視界に入り足を止める。

なんだか変な猫だ。いや、見た目は普通の黒猫なんだけど、道の真ん中に座りながら、背筋を伸ばして真っ直ぐ私を見詰めてきている。

「なんだろ……」

なぜか気になる。気になるけれど……ああ、足を止めてたら遅刻しちゃう。

「にゃあ」

「うっ」

まるで私の気を引くようにタイミング良く猫が鳴く。

とても不思議な感覚だった。どこか懐かしい感じがする。あの猫がどうにも気になる。

「にゃあ」

私の心情を見透かしたようにもう一鳴きして、猫が歩き出した。私にお尻を向けて、ついてこいと言わんばかりに、しゃなり、しゃなりと。

「ああ、うう……」

葛藤はあった。追えば確実に遅刻してしまう。けれど、この感覚も無視できない。

「ああ、兄さん、幽ちゃん、ごめんなさいっ！」

生唾を飲み込み、兄と友達に謝罪しながら、私は猫を追って歩き出した。

猫はこちらを振り返ることなく、しかし、私が歩くのと同じ速さで歩き続ける。私を案内しようとしている……まるで創作のような展開だけれど、私はそう確信していた。

「にゃっ」

「あっ！　待って！」

暫く歩いていたが、不意に猫が走り出し、道を曲がった。私も慌ててついていったが、曲がった先に猫は居なかった。

居たのは……、

「やあっ☆」

居たのは、言葉にするのも、おぞましい……、

「お嬢ちゃん、可愛いねぇ……」

全裸の、おじさんだった。

「キャアアアアアアアアア！」

認識するや否や、私は自分のものとは思えない悲鳴を放って逃げ出した！　怖い、怖い怖い怖い！

どうしてこんなことに⁉　何が起きてるの⁉　分からない分からない分からないっ！

ドタドタと背後から足音がする。追ってきてるっ⁉

「やだ……誰か、助けて……」

走るので精一杯で、声が吐息に飲まれてちゃんと出てきてくれない。それでも、とにかく逃げ続けて、そして——彼を見つけた。

黒い髪の、どこか眠たげな顔をした男の子。多分、この日本ではありふれた特徴なのだろうけれど、私には他の、今まで出会った誰よりも輝いて見えて、私を追ってきていた変質者さえも意識から吹き飛んで……そして、盛大に転んだ。

「あの、大丈夫すか？」

思わず、といった様子で声を掛けられる。けれど、言葉が出てこない。

心臓が痛い。バクバクと、今まで感じたことがないくらい激しく高鳴って、苦しい。

全力で走ったからじゃない。おぞましいものを見たからじゃない。転んだところを見られて恥ずかしい……のも、ちょびっとあるかもしれないけれど、それも違う。

私は、どうしてか私は、彼が、この人のことが……気になって、気になって仕方がなかった。

人生において、嫌なことがあった後には良いことが待っているという。

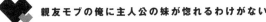

もしも、先程出くわしたアレが人生最悪のものならば、そのすぐ後に人生で最高のものが待っていてもおかしくはない。

そうだ、私は知っている。だって、ずっと探してた。待ってたんだ。誰か分からない、けれど、心の奥底に刻まれた、その人を。

多分、私は、今日この日この瞬間、運命に出会ったのだ。

あとがき

この度は本書『親友モブの俺に主人公の妹が惚れるわけがない』をご購入いただき誠にありがとうございます。

この作品は『小説家になろう』で連載している同名作品を神様の気まぐれで書籍という形で出版させていただいたものになります。ウェブでの連載開始は約1年前。元号が今の令和ではなく平成だったころです。今は昔、というやつですね。

さてこうして、改めてあとがきという自由に語れる場を頂いたにも関わらず、恥ずかしいことに、この作品はなにかを語れるほどに特別な深いメッセージを込めた作品ではありません。

なのでもしも既にお読みいただいて「何のメッセージも感じられなかった……」という人は気に病むことは一切ありません。これから読まれる方も、何も気負わず肩の力を抜いてお読みいただければ幸いです。

むしろ本書が、一時の娯楽として、生活の中の清涼剤として、凝った脳みそをほぐすマッサージ器として活躍してくれればこれ以上に嬉しいことはありません。

ですが、決して何も考えずにテキトーに書いたなんてことはなく、この本をお読みいただけるお一人お一人に楽しんで貰えるよう精一杯頭を捻ったつもりです。そういう意味で書くときに工夫したことはごまんとありますが、それをここに書いてしまうのはあまりに味気ない。全ては本書の中に込めておりますので、是非、自分なりの楽しみ方を探して貰えると、もう……最高です(圧倒的語彙力のなさ)。

最後に、本書を読者のみなさまの前に届けることができたのは私一人の力な訳は当然なく、出版のGOを出してくださった主婦と生活社のみなさま、物書きのイロハも碌に知らない私の文章を小説の形に文字通り編集してくださった編集様（も主婦と生活社の人）、そして「これ本当においらの書いた小説だべ？」と疑いたくなるくらい素晴らしし可愛い絵を描いてくださったU35様（は主婦と生活社の人ではない）、そして『小説家になろう』で投稿している頃から応援くださっている読者のみなさまのおかげでございます。この場を借りて深く御礼申し上げます。

そしてもしも続巻でお会いすることができましたら、その時も是非よろしくお願いいたします。

二〇十九年五月吉日　としぞう

この本を読んでのご意見・ご感想・ファンレターをお待ちしております。
〈宛先〉　〒104-8357　東京都中央区京橋 3-5-7
（株）主婦と生活社　PASH！編集部
「としぞう」係

※本書は「小説家になろう」（http://syosetu.com）に掲載されていたものを、改稿のうえ書籍化したものです。

PASH!ブックス

親友モブの俺に主人公の妹が惚れるわけがない

2019年6月10日　1刷発行

著者　としぞう
編集人　春名 衛
発行人　倉次辰男
発行所　株式会社主婦と生活社
〒104-8357　東京都中央区京橋 3-5-7
03-3563-2180（編集）
03-3563-5121（販売）
03-3563-5125（生産）
ホームページ　http://www.shufu.co.jp
製版所　株式会社二葉企画
印刷所　太陽印刷工業株式会社
製本所　共同製本株式会社
イラスト　U35
デザイン　伸童舎
編集　山口純平

　ISBN978-4-391-15297-5